T0258100

Mis días en la librería Morisaki

Satoshi Yagisawa

Mis días en la librería Morisaki

Traducción de Estefanía Asins

Ọ Plata

Argentina – Chile – Colombia – España
Estados Unidos – México – Perú – Uruguay

Título original: *Morisaki Shoten No Hibi*
Editor original: Shogakukan
Traducción: Estefanía Asins

1.ª edición: enero 2023
4.ª reimpresión: diciembre 2023

© 2010 Satoshi Yagisawa
All rights reserved
La edición en español se publica en virtud de un acuerdo con Shogakukan, gestionado a través de Emily Publishing Company LTD. y Casanovas and Lynch Literary Agency, S.L.
© de la traducción, 2023 *by* Estefanía Asins
© 2023 *by* Urano World Spain, S.A.U.
Plaza de los Reyes Magos, 8, piso 1.° C y D – 28007 Madrid
www.letrasdeplata.com

ISBN: 978-84-92919-16-1
E-ISBN: 978-84-19413-22-2
Depósito legal: B-20.478-2022

Fotocomposición: Ediciones Urano, S.A.U.
Impreso por: Rodesa, S.A. – Polígono Industrial San Miguel
Parcelas E7-E8 – 31132 Villatuerta (Navarra)

Impreso en España – *Printed in Spain*

Capítulo uno

Mis días en la librería Morisaki se alargaron desde el inicio del verano hasta la primavera. Vivía inmersa en los libros en una habitación de la primera planta, en un ambiente sombrío, húmedo e impregnado por el olor a moho típico del papel viejo.

Sin embargo, el recuerdo de aquellos días ya forma parte de mí, porque fue justo ahí donde mi vida, mi verdadera vida, empezó. Sin esa experiencia todo habría sido insustancial, banal, insulso.

Un lugar importante, inolvidable: eso es para mí la librería Morisaki.

Los recuerdos de aquellos días permanecen vívidos, listos para surgir de los recovecos de la memoria.

Todo empezó como un jarro de agua fría.

Una situación que, hasta aquel momento, me parecía más inverosímil que una lluvia de ranas.

Un día, Hideaki, con quien llevaba casi un año, me dijo de improviso:

—Me caso.

De primeras, un gran interrogante se materializó sobre mi cabeza. Lo habría entendido de haber dicho: «Casémonos».

«Quiero casarme» también habría tenido sentido. Pero «me caso» era indudablemente extraño. El matrimonio es un juramento que presupone un acuerdo recíproco, por lo que la frase que acababa de formular era de todo salvo apropiada. Por no hablar del tono desenfadado con el que la pronunció, que podría haber servido para una ocurrencia como «he encontrado una moneda de cien yenes en el suelo».

Era un viernes de mitad de junio. Al salir del trabajo, nos quedamos a cenar en un restaurante italiano de Shinjuku. Estaba en el último piso de un hotel y nos gustaba mucho a ambos porque tenía una vista preciosa de la ciudad iluminada. Hideaki y yo trabajábamos en la misma empresa, él tres años antes que yo, y siempre había tenido debilidad por él desde que me contrataron. Cuando se acercaba sentía que mi corazón saltaba como en un trampolín arriba y abajo. De hecho, esa noche, la primera que pasábamos juntos después de tanto tiempo, estaba de muy buen humor y el vino tampoco estaba mal.

Pero…

Todo lo que logré contestar al escuchar sus palabras fue un «¿qué?». Quizá no había escuchado bien.

Él, como si fuese una tontería, repitió:

—Me caso el año que viene.

—Y ¿con quién?

—Con mi novia.

¿*Cómo?*, me pregunté intentando encajar el golpe.

—¿Tu novia? —Balbuceé.

Él, impasible, me nombró a una colega de otra oficina. La habían contratado al mismo tiempo que a mí, pero era mucho más agradable. Solo con verla ya te daban ganas de abrazarla.

En cambio, yo era demasiado alta, demasiado insignificante. De hecho, no me entraba en la cabeza cómo se le ocurrió ligar conmigo si estaba con una chica tan adorable. Me explicó que llevaban juntos dos años y medio, por lo tanto más que nosotros. Obviamente yo no lo sabía, no me lo había imaginado para nada, ni de lejos. En el trabajo no se lo habíamos contado a nadie, pero pensaba que solo era una forma de evitarnos líos con los colegas. Pero él nunca me había considerado como una novia formal: solo era un pasatiempo. ¿Fui ingenua o él era un miserable?

Era un hecho que ya se habían presentado a las respectivas familias y que a lo largo del mes siguiente se comprometerían oficialmente. Tenía vértigos, era como si un cura estuviese haciendo sonar las campanas de una iglesia en mi cabeza.

—Dice que estaría bien casarnos en junio, pero para este año ya no llegamos, así que...

Le oía, pero realmente no le escuchaba. Al final logré murmurar:

—Bien, me alegro por vosotros. —Mientras lo decía, ni siquiera yo podía entender cómo fui capaz de decir una frase como esa.

—Oh, gracias. Pero no te preocupes, Takako, tú y yo siempre podremos vernos —respondió él sonriendo. Esa típica sonrisa suya desenfadada, como la de un as del deporte.

Si estuviésemos en un melodrama, en ese momento me habría levantado de golpe tirándole una copa de vino a la cara, pero siempre he sido incapaz de expresar mis sentimientos y, para entender cualquier cosa, necesitaba estar a solas para reflexionar un poco. Y encima, para complicar el asunto, estaba ese maldito cura con sus campanas.

Todavía confundida, me despedí y me fui a casa. Poco a poco volví en mí y me hundí en la tristeza. Así es, más que enfadada, estaba triste. Casi podía tocarla con la mano, esa tristeza tan clara y vibrante.

Empecé a llorar, y cuanto más lloraba, más ganas me daban de seguir llorando. Sollozaba en mitad de la habitación, ni siquiera encendí las luces. Tuve una estúpida ocurrencia: que si en lugar de lágrimas llorase petróleo, al menos me convertiría en multimillonaria. Así que lloré por mi propia estupidez.

Necesitaba que alguien viniese a ayudarme. Lo necesitaba de verdad. Pero no lograba decirlo, así que seguí llorando.

A partir de ese momento, todo fue una sucesión de desastres.

Para empezar, como trabajaba en la misma empresa que Hideaki, y a pesar de que hubiese preferido evitarlo, me tocaba verlo siempre. Él se acercaba como si no hubiese pasado nada y yo me ponía fatal. Como si con eso no fuese suficiente, me topaba con su novia de vez en cuando, en el comedor o cerca de los dispensadores de agua. No sabía si estaba al corriente de nuestra relación, dado que siempre me dedicaba sonrisas resplandecientes.

Dejé de comer y de dormir. Perdí mucho peso y mi cara tomó un color mortecino que no conseguía tapar ni con maquillaje. Mientras trabajaba me entraban ganas de llorar de repente y tenía que ir corriendo al baño para reprimir los sollozos.

Tras un par de semanas entendí que había llegado al límite, tanto físico como psíquico, por lo que me presenté ante mi superior y le entregué mi carta de dimisión.

Mi último día de trabajo, Hideaki vino a verme todo animado y me dijo:

—Aunque ya no trabajes más aquí, ¡algún día podríamos quedar para comer algo juntos!

Perdí el trabajo y a mi novio de un plumazo; me sentía como si me hubiesen arrojado al vacío.

Me mudé a Tokio desde Kyushu, donde nací y estudié, por lo que la búsqueda de mis conocidos estaba circunscripta a mis colegas. Nunca fui especialmente sociable, así que más bien eran conocidos superficiales y en Tokio no tenía ningún amigo digno de ser considerado como tal.

Pensándolo bien, mis primeros veinticinco años de vida fueron, como se suele decir, así así. Nací en una familia así así, ni rica ni pobre; fui a una universidad así así; me contrató una empresa así así; había vivido una vida así así; y, en el fondo, no era malo, más bien todo lo contrario. No era el colmo de la felicidad, pero ni mucho menos el abismo de la desesperación. Era mi vida, punto.

Mi situación con Hideaki fue algo excepcional. Pasiva como era, involucrarme con un hombre que me gustaba tanto era una especie de milagro. Justo por eso, el fin de nuestra historia fue todo un choque y realmente no podía imaginar cuándo y cómo lo superaría.

Al final adopté la estrategia del sueño a ultranza. Tenía siempre sueño. Probablemente era un modo como otro cualquiera de evitar la realidad, y apenas me metía bajo las sábanas, me dormía. Mientras dormía, los días pasaban y pasaban en el universo microscópico de mi habitación.

¿Cuánto tiempo pasó? ¿Un mes, quizá? Una tarde me desperté y vi que mi teléfono se iluminaba allí donde lo había abandonado: tenía un mensaje en el contestador.

No conocía el número que aparecía en la pantalla, pero decidí escuchar el mensaje igualmente.

Una voz intensa rompió el silencio: «¡Eh! Takako-*chan*, ¿cómo te va? Soy yo, Satoru. Te hablo de la librería. Llámame luego, cuando puedas. Uh, ha entrado un cliente. Hasta pronto».

Incliné la cabeza. ¿Satoru? ¿Quién podía ser? Me había llamado Takako-*chan*, así que no era un error... ¿Y de qué librería hablaba? Una librería. Seguí dándole vueltas hasta que lo entendí. ¡Era Satoru, mi tío Satoru! La verdad es que mi madre me habló hace bastante tiempo de una librería en Jinbōchō, que mi tío había heredado del abuelo. La última vez que nos vimos se remontaba a mi último día de instituto. Entre unas cosas y otras, no nos habíamos visto desde hacía casi diez años, pero indudablemente era su voz.

Tuve un mal presentimiento. Tenía que ser un plan de mi madre. Solo ella sabía que había perdido el trabajo y el novio. Seguro que estaba preocupada y le había dicho a mi tío Satoru que me llamase. Vamos, nada urgente.

A decir verdad, no estaba muy en sintonía con mi tío Satoru. Era un hombre extraño, algo chalado y completamente indiferente a lo que la gente pensase de él. A veces era hasta arrogante y tenía algo excéntrico que me molestaba.

De pequeña apreciaba mucho su forma de ser y siempre que acompañaba a mi madre a visitar a sus parientes de Tokio, iba corriendo a jugar con él. Sin embargo, durante la adolescencia, sus rarezas empezaron a resultarme insoportables, así que empecé a evitarle. Además, justo por esa época, mi tío se casó de improviso sin tener siquiera un trabajo estable, lo que provocó un gran jaleo en la familia.

Por eso no se me ocurrió hacerle una visita cuando me mudé a Tokio: prefería que se quedase como estaba, como un extraño.

Al día siguiente de haber recibido el mensaje, le devolví la llamada a regañadientes. Pensaba que si no lo hacía desencadenaría la cólera de ese demonio conocido como mi madre. Cuando yo estaba en el instituto, él tenía unos treinta años, así que ahora debía de haber superado de sobra los cuarenta.

Respondió el teléfono al primer tono.

—¿Diga? Aquí la librería Morisaki.

—Eh… Soy yo, Takako.

—¡Oh! ¡Vaya! —gritó mi tío Satoru desde el otro lado del teléfono con su habitual energía.

Me anticipé y aparté el teléfono de la oreja.

—¡Cuánto tiempo! ¿Cómo lo llevas?

—Bien, ahí voy… Nada mal.

—Sabía que estabas en Tokio, ¡pero no has venido nunca a verme!

—Perdóname, es que con el trabajo… —Intenté justificarme.

—Pero ya no trabajas, ¿no?

Fue directo a dejarme sin palabras. De alguien como él no se podía esperar discreción. No paraba de repetir «ah, cuánto tiempo ha pasado», casi como si yo no estuviese y, de repente, dijo:

—¿Sabes qué he estado pensando? Si no tienes ganas de trabajar, ¿por qué no te quedas conmigo un tiempo?

—¿Cómo?

Me dejó descolocada. Pero él siguió, impasible:

—Así no tendrías que preocuparte por el alquiler y los gastos, ¿no? Conmigo todo es gratis. Claro que si quisieras echarme una mano en la librería, me harías un favor.

Me explicó que se ocupaba él solo del negocio y, dado que tenía la necesidad de someterse regularmente a visitas médicas por culpa de unos dolores de espalda, estaba buscando a alguien que lo sustituyese por las mañanas. Añadió que su casa estaba en Kunitachi, por lo que en horario de cierre estaría sola y tendría toda la privacidad que quisiera. Él mismo había vivido encima de la librería hace algunos años, por lo que además de la habitación, tendría un baño con bañera.

Pensé en ello. Efectivamente no podía seguir así para siempre. Pronto estaría sin dinero. Pero, al mismo tiempo, no quería que se entrometiese.

Esbocé una negativa:

—No querría ser una molestia...

Pero él no cedió:

—¡Pero cómo una molestia! ¡Siempre eres bienvenida, Takako-*chan*!

Abrí la boca para preguntarle si la tía Momoko estaba de acuerdo, pero me callé enseguida. Es verdad: su mujer Momoko se había marchado hace años. Durante un tiempo no se habló de otra cosa en la familia. El estado de aflicción en el que se encontraba mi tío le provocaba mucha ansiedad a mi madre; más de una vez temió que enfermase de verdad.

A mí también me sabía mal por mi tío, y su situación me parecía absurda: él y Momoko siempre habían estado enamorados y de acuerdo con todo, y ella era buena y noble, no daba para nada la impresión de irresponsable.

Mientras estaba ocupada recordando toda esta historia, mi tío llegó a la conclusión sin darme tiempo a rebatirla siquiera:

—¡Pues está decidido!

Le objeté que tenía bastante ropa, pero él me respondió que en su casa de Kunitachi tenía mucho espacio, así que bastaba con que dejase todo allí y me llevase a Jinbōchō una maleta con las cosas de primera necesidad. En fin, había pensado en todo.

—Será mejor así para ti, Takako. Confía en mí.

¿Confiar en alguien a quien no he visto en casi diez años?.

—Pues entonces empiezo a prepararlo todo —dijo sin esperar mi respuesta. Luego colgó porque entró un cliente.

Me quedé embobada escuchando el *tu-tu* del teléfono.

Capítulo dos

Dos semanas después estaba en la estación de Jinbōchō. ¿Por qué había acabado así? De repente, mi vida había cambiado a tal velocidad que apenas podía mantenerme en pie.

Por teléfono, mi madre me dijo: «Decídete: o vuelves a Kyushu o te vas con Satoru». Y así, de mala gana, escogí a mi tío. Sabía perfectamente que si hubiese vuelto a Kyushu me habrían concertado un matrimonio y habría perdido toda esperanza de regresar a Tokio. Después de todo lo que me había esforzado por llegar aquí, volver hubiera sido como admitir mi derrota.

Hacía tanto que no salía que me sentía aturdida. Al emerger de la estación del metro, me embistió la cálida luz del sol. Me percaté de que el verano había llegado mientras dormía. El sol sobre mi cabeza me azotaba como un niño caprichoso. Y pensar que en mi último día de trabajo el verano parecía tan lejano: me sentí traicionada por el ciclo de las estaciones, lo que me hizo sentir un poco más triste.

Era la primera vez que iba a Jinbōchō; nunca tuve la oportunidad porque la casa de mis abuelos estaba en Kunitachi.

Me paré en el semáforo para echar un vistazo a mi alrededor. Había algo extraño.

A ambos lados de la calle (mi tío me había dicho que se llamaba Yasukuni-dori) solo se veían librerías, tanto a la izquierda como a la derecha. De normal ya es mucho si a lo largo de la calle hay una, pero allí representaban más de la mitad de los negocios. Algunas librerías eran más grandes, como la Sanseido o la Shosen, que destacaban a simple vista; pero las más peculiares eran las más pequeñas, que parecían envalentonarse frente a edificios más imponentes. Para hacer todavía más peculiar el paisaje, había unos enormes edificios de oficinas en la dirección opuesta, hacia Suidobashi.

Completamente perpleja, atravesé la calle abarrotada de trabajadores en su pausa para comer y fui hacia la calle de las librerías. Llegué a la mitad y, como me había explicado mi tío, me encontré en la esquina con una calle más pequeña llamada Sakura-dori, que también estaba atestada de gente. «Un patio de recreo para los amantes de los libros», murmuré para mí.

Mientras me preguntaba cómo encontraría la librería de mi tío bajo ese sol abrasador, vi frente a una tienda a un hombre que me saludaba con la mano. El pelo despeinado, la gruesa montura de las gafas, la complexión delgada de un adolescente. Camisa de cuadros arremangada, pantalones arrugados y sandalias en los pies. Una figura que me era familiar. El tío Satoru.

—¡Eh, eh! ¡Aquí, Takako-*chan*! —exclamó todo sonriente.

Viéndolo de cerca, me pareció muy envejecido. Tenía unas arrugas profundas al lado de los ojos, y la piel, antes suave e iluminada como la de una chiquilla, ahora se le había llenado de manchas. Pero tras sus gafas, sus ojos todavía brillaban con una luz infantil.

—¿Me has estado esperando todo el rato frente a la librería?

—Imaginaba que llegarías en cualquier momento. ¿Has visto que está todo lleno de librerías? Temía que te perdieses, así que he salido a esperarte. Me nacía buscar una estudiante de instituto con su uniforme, ¡pero ya te has convertido en toda una adulta!

Obviamente. Nuestro último encuentro se remontaba a mi primer año de instituto, cuando vine a Tokio por el primer aniversario de la muerte del abuelo. Y habían pasado unas cuantas cosas entre medio. A pesar de eso, mi tío (arrugas y manchas aparte) era exactamente igual a como lo recordaba. Aunque tenía más de cuarenta años, lucía el mismo aire extraño de siempre. En él no se percibía ni la más mínima preocupación por la apariencia. Durante la adolescencia, cuando medía al milímetro mi distancia hacia los demás, esta forma de ser suya me parecía realmente insoportable.

Incapaz de mantener su mirada en mí, se giró hacia la librería.

—Mmm... Bueno, pues esta es la librería de tu bisabuelo.

Observé con una pizca de emoción el letrero en el que ponía: Librería especializada en literatura moderna – Morisaki. A pesar de que no llegué a conocer a mi bisabuelo, el hecho de que la librería existiese desde hace tres generaciones me parecía impresionante.

El edificio actual, totalmente de madera, de dos pisos, y con los escaparates llenos de libros, tenía unos treinta años, pero se apreciaba que la estructura original era mucho más antigua.

—La primerísima librería se remonta a la era Taisho, de 1912 a 1926, y estaba en Suzuran-dori, pero ya no está ahí. Así que esta es, por así decirlo, la «segunda» librería Morisaki.

—Caray.

—Vamos, vamos, entremos.

Mi tío casi me arrancó el bolso de la mano y me llevó adentro. Sentí un fortísimo olor a moho y se me escapó decirlo en voz alta, pero él me corrigió bromeando:

—Querrás decir que huele como una mañana después de la lluvia.

Había libros por todos lados. Aquella habitación vacía de apenas ocho tatamis parecía haberse quedado estancada en la era

Showa, la de 1926 hasta 1989. Libros de todo tipo estaban amontonados en las estanterías, mientras que las obras más grandes, con más tomos, estaban apiladas contra las paredes. Hasta había cúmulos de libros detrás del pequeño mostrador con la caja. Estaba claro que, en caso de terremoto, una pequeña sacudida bastaría para que todo se derrumbase.

—¿Cuántos volúmenes hay?

—Uf, diría que unos seis mil.

—¡Seis mil! —Me asombré.

—Somos una librería pequeña, tener más no sería posible.

—¿Qué significa que está especializada en literatura moderna?

—Que principalmente vendemos libros de autores modernos. Pero míralo por ti misma.

Mi tío me señaló una hilera de libros. Leí algunos nombres que ya conocía, como Akutagawa Ryūnosuke, Natsume Sōseki y Mori Ōgai, pero nunca había oído hablar de los demás. Los escritores que más conocía eran sobre los que había leído en el instituto.

—¡Vaya! ¡Cuántos hay! —dije, y el tío sonrió.

—Por aquí cada librería tiene su propia especialización. Las hay que venden solo textos académicos y otras que solo ofrecen guiones teatrales. Algunas librerías son realmente peculiares. Por ejemplo, esas que venden álbumes ilustrados o fotografías. En el mundo no hay ningún barrio de librerías tan grande como este.

—¿En todo el mundo?

—Exactamente. Es un lugar muy apreciado por escritores e intelectuales desde la era Meiji, que fue del 1868 al 1912. Si hay tantas librerías por la zona es porque en aquella época se construyeron muchas escuelas, cosa que favoreció la rápida apertura de tiendas especializadas en ediciones académicas.

—De eso hace ya muchísimos años entonces.

—Así es. Este barrio tiene una historia muy antigua. Piensa que escritores como Mori Ōgai y Tanizaki Jun'ichirō han escrito obras ambientadas justo aquí. Por eso vienen muchísimos extranjeros a visitarlo —dijo mi tío, todo orgulloso.

—Pues a pesar de vivir en Tokio, nunca había oído hablar de esto —confesé.

Estaba realmente impresionada tanto por toda esa historia como por mi tío que, como respuesta a una simple pregunta, me había contado tantas cosas. Para ser alguien que nunca se preocupó por encontrar un buen trabajo y que siempre vivía al día, sabía mucho. De hecho, de pequeña me percaté de que tenía bastantes libros que parecían de todo menos simples: libros de historia, de filosofía y de otras materias.

—En cuanto puedas, ve a dar un paseo por los alrededores. Hay muchos sitios interesantes. Aunque quizá no hoy, quiero enseñarte la habitación antes. El piso de arriba sirve también como almacén, pero hay espacio de sobra.

Eché un vistazo y por poco no me desmayo. El «almacén» era montones de libros altos como torres y que estaban por todos lados, tanto que no sabías dónde poner los pies. Era como una película de fantasía. Era imposible no sudar a pesar de que había un viejo aparato acondicionador encendido a máxima potencia. A lo lejos se escuchaba el sonido incesante de un insecto; quizá fueran cigarras.

Le lancé una mirada asesina a mi tío. «Voy preparando todo», había dicho. No me sorprendería si en esa habitación me hubiese encontrado un topo durmiendo panza arriba.

—He intentado hacerte hueco adelantándome a tu llegada, —farfulló mi tío rascándose la cabeza—, pero hace tres días se me enganchó otra vez la espalda. Es el destino de todo librero. Pero he movido más de la mitad de las cosas a la habitación de al lado. Si poco a poco vas trasladando el resto, estarás muy bien.

Miré alrededor y solté un gran suspiro. «Poco a poco», había dicho. Me había engañado. Pero ya había dejado mi apartamento y no tenía otro sitio adonde ir. Saqué fuerzas y empecé a hacerme hueco.

Estuve peleando con esos libros todo el día. Sudando la gota gorda, fui capaz de mover esas montañas de volúmenes a la habitación de al lado. Al mínimo despiste, esas torres de Babel se hubiesen desmoronado; las odiaba. Pero por la noche ya había llevado casi todos los libros y había logrado rescatar una mesita que parecía destinada a su final. En la habitación de al lado, las pilas de libros llegaban casi hasta el techo y daba miedo pensar que el suelo pudiese ceder, pero la estructura de la casa parecía firme, así que decidí no pensar demasiado en ello. Pasé el aspirador recogiendo cada mota de polvo y limpié con un trapo las paredes y el tatami hasta que la habitación me pareció habitable.

Mientras observaba satisfecha el fruto de mi trabajo, mi tío subió a buscarme una vez que cerró la tienda.

—Ah, has ordenado todo. Qué maravilla. Si hubieses vivido en la Inglaterra del siglo xix habrías sido una institutriz muy hábil —bromeó.

Y pensar que a partir de ahí tendría que vivir con alguien como él.

—Estoy agotada, voy a irme a dormir.

—Sí, descansa, por favor. Entonces, cuento contigo para mañana por la mañana.

Cuando se fue, me di un baño rápido y me metí con el pelo todavía mojado en un futón que olía rancio. En el momento en el que apagué las luces, todo quedó en silencio. Parecía como si todos esos libros pudiesen absorber cualquier ruido. Mirando el techo en la oscuridad, sentí cómo afloraba una pequeña inquietud con el pensamiento de que, a partir de ese momento, viviría allí y que tendría que empezar a acostumbrarme. Pero fue fugaz. Un segundo después ya roncaba.

Soñé que era un androide-gobernante en una ciudad del futuro donde todos los edificios estaban llenos de librerías.

A la mañana siguiente abrí los ojos y dudé de dónde estaba.

Miré el despertador al lado de la almohada y vi que las manillas marcaban ya las diez y veintidós.

Volví en mí y me levanté de un salto con un grito. La librería abría a las diez. Antes de dormirme había puesto el despertador a las ocho, pero seguramente ni lo había escuchado. ¿Quién me había hecho una jugarreta tan odiosa? Menuda pregunta: ¡yo misma!

¿Cómo había podido cometer semejante estupidez? Siempre había sido una persona madrugadora y presumía de no haber llegado nunca tarde durante los tres años de trabajo. Bajé corriendo por las escaleras y subí la persiana metálica todavía en pijama y toda despeinada. El sol estival invadió la tienda de golpe. Todas las demás librerías ya estaban abiertas, solo yo lo había hecho tarde.

¿Y ahora? ¿Cómo podría devolverle a mi tío las pérdidas de esa parte de la mañana? Me quedé sentada en la caja todavía en pijama y completamente trastornada durante casi media hora. Sin embargo, durante todo ese tiempo, para mi sorpresa, no entró nadie. Ni siquiera después vi clientes. Había alguno que otro por la calle, pero pasaban rápido por delante de la puerta y no entraban nunca.

Entendí que podía tomármelo con calma: volví arriba y me cambié, me peiné y por fin me maquillé un poco.

Casi a mediodía empezó a llegar algún cliente, pero se limitaban a comprar los libros de bolsillo de segunda mano de cincuenta o cien yenes. ¿Cómo se las apañaba el tío para salir adelante? Bostecé treinta veces y eché un par de cabezadas.

Alrededor de la una, entró un señor de mediana edad, robusto y con una calva bien brillante. Me miró y empezó a hacerme una pregunta tras otra.

—¿Dónde está Satoru? ¿Y tú quién eres? ¿Una empleada a media jornada? Pero si ese no se lo puede permitir. —Debía de ser un cliente habitual.

—A ver... Mi tío llegará sobre las dos. Soy la sobrina de Satoru, me llamo Takako. Más que una empleada a media jornada soy una invitada. Y respecto a las finanzas de mi tío, no sabría decirle.

El señor me escuchaba interesado, no me quitaba los ojos de encima.

—No sabía que Satoru tuviese una sobrina tan joven y amable.

Sonreí. Ahora que ya había superado la desconfianza inicial, pensé que en el fondo parecía una buena persona. Afable y con una mirada benévola.

—Verás, me han entrado ganas de leer algo de Shiga Naoya, hace ya tiempo de la última vez. Desde que mi mujer por poco me tira todos sus libros, ¿te acuerdas? —dijo el señor curioseando entre las estanterías.

Dado que no nos habíamos visto nunca, era difícil que recordase eso.

—Entonces, ¿dónde está?

—¿El qué?

—Ya te lo he dicho, Shiga Naoya.

—Ah, sí, debería estar por aquí. —El señor me miraba circunspecto.

—¿Tú lees libros?

—No, para nada —respondí, sonriendo.

La expresión del señor cambió totalmente, ahora parecía un demonio.

Me lanzó una mirada asesina y empezó con su sermón.

—¡Pero bueno! Los jóvenes de hoy en día no leen nada, solo piensan en el ordenador y los videojuegos, ¿qué podemos hacer? Y los pocos que leen escogen basura como el manga o las historietas *online*. Escúchame bien: todo eso te muestra solo la superficie de las cosas. Si no quieres convertirte en una persona superficial, intenta leer alguno de estos libros maravillosos que hay aquí dentro.

Siguió así durante un rato que me pareció infinito y, para cuando por fin se fue, había pasado casi una hora. Después de toda esa parrafada, se fue sin comprar nada. Me sentía cansada, y cuando mi tío llegó media hora más tarde, pensé que era un fantasma.

—¿Qué tal ha ido hoy? ¿Ha pasado algo? —me preguntó mientras miraba el registro de la caja.

—No, pero a eso del mediodía ha venido un señor con la cabeza que parecía un diente de león a medio soplar y se ha quedado charlando un buen rato.

—Ah, sí, el señor Sabu. Es un cliente habitual desde hace veinte años.

Se me escapó una risa. Por algún motivo me parecía que el nombre Sabu le venía que ni pintado.

—Está enamorado de los grandes escritores japoneses y es un charlatán. Muchas veces me pone en situaciones incómodas hasta a mí, pero basta con ofrecerle una taza de té, asentir con la cabeza y, tras un rato, se marcha.

Pensé que cuando se tiene un negocio realmente se ve de todo. El propio concepto de cliente habitual tenía un aire anticuado.

—Oye, tío —dije, deseosa de compartir la primera duda de la jornada.

—¿Qué ocurre?

—¿Cómo va el negocio? Se ven pocos clientes y, si compran algo, casi siempre son libritos económicos...

El tío se rio a gusto.

—Tienes razón. Actualmente, las librerías de segunda mano no lo están pasando bien. En los tiempos de mi padre sí que era una actividad rentable. Por aquella época, el mercado editorial era mucho más simple, además de que no existía la televisión: era totalmente diferente. Yo, sin embargo, empecé con la venta *online* hace ya seis años y a veces consigo vender algún ejemplar raro, de varias decenas de miles de yenes. En resumen: me las apaño. ¿Tú no vas a las librerías, Takako?

—A veces voy a cadenas de segunda mano como Book Off. Allí puedo leer manga.

—Sí, ahora está todo lleno de esas cadenas. Pero desde hace mucho no venden libros de escritores importantes, como los que se pueden encontrar en librerías como la mía. Y es porque no hay una gran demanda, a pesar de que hay bastantes personas que los adoran, incluyendo a gente de tu edad. Para ellos, las librerías como esta son un paraíso. Como para mí, por supuesto.

—Verdad, cuando vivías con los abuelos tu habitación estaba atestada de libros. ¿Cuándo heredaste este lugar?

—Pues... fue cuando el abuelo empezó a encontrarse mal. Hace unos diez años, quizá. ¿Sabes? Para los otros libreros yo soy todavía un jovenzuelo. Algunos de ellos tienen treinta o cuarenta años de experiencia.

—¡Ostras! Es un mundo totalmente incomprensible para mí.

—Deberías intentar leer alguna cosa de las que hay por aquí, todo está a tu disposición —dijo mi tío con una sonrisa.

Sonreí también y lo dejé pasar.

Capítulo tres

Desde aquel momento, logré ocuparme de la librería sin despertarme tarde. Afortunadamente para mí, hasta mediodía era muy tranquilo, así que podía quedarme sentada en la caja sin hacer nada.

Pese al cambio de casa, mi vida cotidiana no se había modificado mucho. Me levantaba por la mañana, abría la librería, esperaba a que llegase mi tío y luego me iba. Subía desganada al piso de arriba y me metía en el futón a dormir.

En mi habitación había lo mínimo indispensable y la vida que llevaba quizá no podía definirse como tal, pero para mí estaba genial. Todo aquello que pasase fuera de esas paredes me importaba un pimiento.

El tío Satoru se presentaba cada tarde con ropa cómoda que la mayor parte de las personas consideraría inadecuada para un adulto. Lo primero que hacía era revisar la caja, luego verificaba la lista de los pedidos recibidos y hacía alguna llamada de trabajo.

«No, no hay nada que hacer», «lo sé, es duro», «tenemos que superar esto». *Grosso modo* estas eran las cosas que le escuchaba repetir al teléfono, lamentándose por cómo iban los negocios. Pero en el tono de su voz siempre se percibía cierta alegría.

Realmente me sorprendió descubrir que había una red muy grande de compraventa de libros usados. Mi tío me explicó que si las tiendas se las arreglaban para no llenarse hasta los topes era gracias a la sinergia entre los libreros. Por ejemplo, una librería como Morisaki no hubiese podido existir solo gracias a los particulares que iban a vender sus libros, sino que se nutría de las subastas organizadas periódicamente por las asociaciones de comerciantes, lo que permitía que el tío consiguiese los títulos que necesitaba.

—A pesar de ser una actividad privada, el contacto con los otros vendedores es importantísimo. Pero en el fondo es así con todo, ¿no? —concluyó con los aires de quien sabe sobre su campo.

Aunque, al mirarlo, no lograba asociarlo a la imagen de «vendedor de libros de segunda mano» como lo era mi abuelo, por ejemplo. Mi abuelo era un hombre de una sola pieza, de pocas palabras, que en las reuniones familiares hacía el papel de cabeza de familia con toda solemnidad. De pequeña me daba un poco de miedo, y mi abuela, que se había percatado de ello, se reía y me decía: «¿Qué quieres que le hagamos? Es un viejo librero».

Mi tío, sin embargo, parecía un blandengue. Nunca había estado tanto tiempo con él, pero cuanto más lo observaba, más me sorprendía su condescendencia. Llegué hasta a pensar que la tía Momoko se había marchado porque no lo soportaba. No obstante, los clientes asiduos venían a verle y se quedaban a charlar con él voluntariamente.

Con mi tío hablaba básicamente de trabajo, pero después de una semana, me dijo con un aire un poco impaciente:

—No haces nada más que dormir, Takako. Parece como si te hubiesen echado una maldición.

—A esta edad es normal tener sueño —repliqué secamente, decidida a contrarrestar su nefasto intento de meterse en mis asuntos.

—¿Es normal tener sueño con veinticinco años? —repitió.

—Exacto. Viene bien para el crecimiento.

—Pero, con todo el tiempo libre que tienes, ¿por qué no vas a dar un paseo? Hay tantos sitios bonitos por aquí. Yo vengo desde que era niño y todavía no me he cansado.

—Bueno, yo prefiero dormir de todas formas.

A mi tío le hubiese gustado seguir hablando, pero decidí que era el momento de cortar la conversación. Desde ese momento no volví a responder ninguna de sus preguntas.

No se lo dije, pero estaba realmente molesta. Estaba claro que mi madre le había contado qué me había pasado. Y ahora, él se permitía hacerme todas esas preguntas indiscretas. Me ponía de los nervios.

Como si con eso no bastase, se había metido hasta el señor Sabu, que obviamente sabía cómo pasaba mis días dado que me llamaba «Takako-*chan*, la bella durmiente».

Una vez le pregunté.

—¿Quién te lo ha dicho? —Aunque estaba claro que había sido mi tío. Menuda rabia.

—¿No te cansas de dormir más de quince horas?

—No duermo más de quince horas. Serán trece como máximo. —Pero el señor Sabu negó con la cabeza.

—Cuando tenía veinte años, el tiempo que pasaba durmiendo me parecía desperdiciado, prefería leer.

—Y yo, por el contrario, duermo.

—Eres cabezota como Satoru.

—De ninguna manera, ¿qué podría tener yo en común con ese blandengue?

—Hasta vuestro sarcasmo se parece. —Se rio ampliamente.

—No es para nada parecido. No me compares con él.

—Eh, eh, no te conviene infravalorarlo, ¿sabes? —rebatió Sabu con un tono serio de improviso—. Quizá sea un blandengue, pero es el salvador de esta librería.

—¿El salvador? —pregunté, incrédula.

—Eso es. Pregúntaselo —respondió Sabu con un tono misterioso. Luego hizo un gran gesto con la mano, me dijo «adiós» y salió.

Bah, a quién le importa, pensé. Que mi tío fuese o no el salvador de cualquier cosa me era indiferente. Tan solo quería volver al futón a echarme una siesta.

Es cierto, yo misma me esforzaba en creer que podía dormir tanto. A Sabu le había dicho que eran trece horas, pero en realidad en los días de cierre podía dormir hasta veinticuatro. Tan solo quería dormir, dormir y dormir. En los sueños no existían los malos pensamientos. Los sueños eran una miel muy dulce. Y yo era una abeja que giraba alrededor.

No me gustaba nada estar despierta. De un modo u otro, siempre acababa pensando en Hideaki; recordaba su risa, sus manos entre mi pelo. Echaba de menos hasta ese sutil egoísmo suyo, su manera de desafinar, de la que se avergonzaba tanto; hasta echaba de menos los momentos en los que se emocionaba por lo más mínimo. Sabía que era estúpido, pero cuando estaba con él me sentía feliz y algunos recuerdos eran imposibles de borrar, como si estuviesen marcados en cada célula de mi cuerpo.

A veces dudaba de si todo lo que me había dicho era cierto. Tal vez todo había sido una broma, quería asustarme para luego decirme «¡te lo has creído!». Pero no era así; si no, no estaría en la situación en la que me encontraba.

Así que, para no pensar, para no recordar, me obcecaba en dormir.

El tiempo pasaba rápido.

Capítulo cuatro

—Takako, ¿estás despierta? Una tarde, hacia el final del verano, mi tío me llamó desde detrás del *fusuma*. Miré el reloj: ya eran las ocho y la librería estaba cerrada.

—Estoy durmiendo —respondí sin salir del futón.

—Quien duerme no responde a las preguntas.

—Te aseguro que estoy durmiendo. ¿No sabes que soy toda una maga del sueño?

Le escuché soltar una risa burlona.

—¿Estás enfadada? He hablado con el señor Sabu.

—Estoy enfadada. Soy un monstruo maléfico.

—¡De todo menos eso! Pero es cierto que yo también estoy preocupado por mi sobrinita. Sabu te hace muchas preguntas porque te ha tomado cariño. ¿Por qué no te asomas un momento? Tengo que ir a un sitio, podrías acompañarme.

—Como si fuese a aceptar eso —dije, cortante, hacia el *fusuma*.

Pero mi tío no se rendía.

—No te haré llevar nada, lo juro. Y después de hoy, te dejaré dormir todo lo que quieras, lo prometo.

—¿De verdad? —pregunté, recelosa.

—Te doy mi palabra y, si no la cumplo, puedes vengarte.

Me levanté a regañadientes, me arreglé el pelo con las manos y entreabrí el *fusuma*.

—Me lo has prometido —le dije echándole una mirada.

Él asintió.

—Sí, te lo he prometido.

El sitio donde tenía que ir estaba a un tiro de piedra de la librería Morisaki.

—¡Hemos llegado! —dijo mi tío parándose frente a un local en una calle secundaria. Era uno de esos salones de té-cafetería todo de madera que ahora ya no se ven casi nunca. Uno de esos sitios donde te esperas encontrar a un dueño de mediana edad, taciturno y con un bigote muy espeso. El cartel luminoso con el nombre del local, SUBOURU, parecía suspendido en la oscuridad.

—Siempre vengo aquí. —Mi tío empujó la pesada puerta de la entrada por la que salió un intenso aroma a café.

—Buenas, Satoru. Bienvenido —le saludó el propietario mientras vertía el agua hirviendo en la cafetera.

—Hola, te presento a mi sobrina Takako.

—Un placer.

Se puso al lado de mi tío en la pequeña barra e hizo un gesto de saludo con la cabeza. Aunque no llevaba bigote, el rostro alargado le daba un aire tranquilo y un poco arisco. A ojo habría dicho que tendría alrededor de cincuenta años. Ojalá que mi tío fuese un poco más como él en lugar de ser un niño eterno.

—Yo voy a tomar una mezcla. ¿Takako?

—Lo mismo.

Miré alrededor. El interior del local estaba tranquilo, iluminado por las luces suaves de las lámparas y con música de piano de fondo. Las paredes de ladrillo ennegrecido estaban llenas de escritos que habían dejado los clientes con el paso de los años, en perfecta armonía con el ambiente relajado del lugar. Sentí un vuelco en el corazón como no había sentido desde hace mucho; pensé que ahí se estaba realmente bien. Y me sentí un poquito mejor.

—Este sitio lleva aquí desde hace cincuenta años. Antes venían hasta escritores famosos —explicó mi tío.

—Es muy acogedor... imagino que no habrá muchos locales así —respondí, asintiendo con convicción.

Un poco después, una joven camarera nos trajo los cafés.

—Buenas tardes, señor Morisaki.

—Buenas, Tomo-*chan*. Esta es mi sobrina Takako.

—Encantada de conocerte —dije inclinando la cabeza mientras Tomo-*chan* sonreía y respondía «buenas tardes».

—Tomo-*chan* es una fiel clienta de nuestra librería. Una verdadera aficionada a la lectura.

—Qué va —rebatió ella esbozando otra sonrisa. Debía de tener mi edad o algún año menos. Sus mejillas eran blancas y redondas y tenía una voz melódica. El delantal le quedaba muy bien, era muy agradable. Tuve la impresión de que podríamos congeniar y eso me alegró.

—¿Qué pasa, Takako? ¿Te gustan las chicas? Espera que aquí también hay jovencitos —dijo mi tío saludando a alguien detrás de la barra y llamándole—. ¡Takano!

—Buenas tardes, señor Morisaki —respondió un chico alto y un poco larguirucho apartando ligeramente la cortina.

—Oye, Takano, ¿por qué no te llevas algún día a mi sobrina a cualquier sitio?

—Pero ¿qué estás diciendo? —exclamé dándole un golpe con la mano.

Takano debía de ser bastante tímido porque solo con esas palabras de mi tío ya se puso rojo.

—Pues Takano sueña con poder abrir algún día su propia cafetería, así que vino aquí a aprender el oficio. Solo que no da una y se lleva un montón de broncas del jefe.

El tío pareció divertirse al decir la palabra «broncas».

El propietario intervino:

—No me hagas parecer un arisco.

Takano parecía avergonzado, pero con lo dócil que era (daba la sensación de que se caería al suelo solo con empujarle con el dedo), le dio la razón a mi tío, que parecía pasárselo en grande a su costa.

Una señora de mediana edad sentada cerca de nosotros nos vio y llamó a mi tío por su nombre. Él se levantó muy feliz y de camino a ella iba diciendo «¡qué alegría, la señora Shibamoto!». Luego le llamaron desde otra mesa y fue hacia allí.

Cuando estaba en la librería no hacía nada, pero le bastaba dar un paso fuera y vaya si cambiaba. Suspiré, era como si un niño me tomase el pelo.

—Satoru es muy popular por aquí —dijo el propietario con una sonrisita que hizo aflorar unas pequeñas y simpáticas arrugas al lado de los ojos.

—Se ve que sabe cómo hacerse querer —rebatí, sarcástica—. He de decir que nunca había bebido un café tan bueno. Por no hablar de la atmósfera de este local, es fantástica.

El propietario se rio, pícaro.

—Gracias. Quien lo descubre, siempre vuelve, puedes estar segura. Te llamas Takako, ¿verdad? ¿No habías venido nunca por aquí?

—No, nunca. Aunque hace ya un tiempo que vivo en la librería de mi tío.

—¿En la librería Morisaki? Qué bonito. Disfruta de la vida aquí en Jinbōchō, entonces.

—Bah —mascullé.

—¿Qué ocurre?

—Mi tío me dice lo mismo.

—Es normal. No conozco a nadie que adore tanto este barrio como Satoru.

—No sabría decirte. Pero entiendo por qué viene siempre aquí. Volveré seguro.

—Por supuesto, vuelve cuando quieras —dijo él, luego entornó los ojos y sonrió.

Después de un buen rato, cuando ya era bien entrada la noche, salimos del local y caminamos sin tener un rumbo fijo. Por la noche se levantaba un viento otoñal que enseguida te helaba las mejillas.

Al acabar el café, mi tío se había pedido una cerveza y era obvio que se le había subido un poco a la cabeza porque caminaba con pasos cortos frente a mí sin parar de murmurar «ah, qué noche tan bonita».

Me di cuenta de que la última vez que habíamos caminado así, uno al lado del otro, había sido cuando todavía era una niña. Entonces nos aventurábamos mano a mano en nuestras expediciones alrededor de la casa del abuelo y éramos capaces de estar dando vueltas todo el día. A lo mejor porque me parecía divertido. Para mí era realmente una pasada, reíamos y bromeábamos. Para una hija única con un carácter reservado como el mío, ese tío era una especie de hermano mayor al que me moría de ganas por ver.

Mientras estaba inmersa en estos pensamientos, recordé aquella habitación suya que siempre estaba patas arriba, donde cantábamos juntos temas de los Beatles acompañados por su guitarra desafinada o leíamos durante horas los mangas de Tezuka Osamu e Ishinomori Shōtarō. Lo reviví todo de una manera diferente, y por fin lo sentí todo más cercano.

—Oye, tío Satoru —llamé su atención a sus espaldas.

—¿Qué pasa? —preguntó girándose hacia mí con sus ojos de chiquillo.

—¿Tú qué cosas hacías cuando tenías mi edad?

—Bueno, aparte de leer, poco más.

—¿Solo eso? —repliqué, un poco desilusionada—. No me parece que las cosas hayan cambiado mucho entonces.

—Además de eso, viajaba.

—¿Viajabas?

—Sí, mientras estaba en Japón hacía trabajos a media jornada y ahorraba el dinero suficiente. Con la mochila a la espalda, he visitado un montón de países. He estado en Tailandia, en Laos, en Vietnam, India, Nepal. Y una vez hice un viaje por Europa.

Fue una verdadera sorpresa descubrir que había sido tan activo.

—¿Y por qué? ¿Acaso nunca pensaste en buscarte un trabajo normal?

—Ya, ¿por qué...? —rebatió, entrecruzando los brazos como si estuviese reflexionando sobre qué respuesta darme—. Por decirlo brevemente, quería ver el mundo con mis propios ojos. Ponerme a prueba. Quería una vida que fuese solo mía, de nadie más.

Para alguien que en cuanto podía dejaba Japón para ponerse a prueba, volver a casa para heredar una librería me parecía una contradicción.

Y encima todo lo que me había contado contrastaba con la imagen que me había hecho de él cuando era pequeña. Ahora que había crecido creo que lo entendía un poco más. Desde mis años de universidad había deseado con todas mis fuerzas ser capaz de vivir la vida que quería y que consideraba adecuada para mí, sin ninguna obligación. Pero siempre me faltaba el valor de hacerlo.

Quizás ese fuera el verdadero secreto de la libertad de mi tío y, muy al fondo, le tenía un poco de envidia.

—Bah, mis veinte años fueron siempre así... Mi padre se enfadaba por todo. Luego enfermó y murió, y ahora tengo que sacar adelante la librería.

—¿Y te arrepientes?

—¡Qué va! —se rio—. No existe un trabajo mejor para mí. Para quien ama los libros, este barrio es simplemente perfecto. Estoy orgulloso de tener una librería en Jinbōchō. Nunca podré agradecérselo lo suficiente a mi abuelo y a mi padre.

—Qué suerte que tienes.

—¿Por qué? —rebatió.

—Bueno, haces lo que te gusta y, de ese modo, ganas lo suficiente para vivir.

—Pero no siempre fue así. Al principio estaba muy insatisfecho. De joven nunca imaginé que podría heredar el trabajo de mi padre. Incluso ahora hay veces en las que tengo dudas. Pero ¿sabes qué? No siempre es fácil entender lo que se quiere de la vida. De hecho, entenderlo lleva toda una vida.

—Yo... creo que estoy malgastando la mía así, sin hacer nada...

Mi tío me miró y sonrió dulcemente.

—No, no creo. A veces es necesario parar. Es como una parada en un largo viaje. Imagina que has soltado el ancla en una pequeña bahía. Descansarás un poco y tu barco zarpará de nuevo.

—Eso me dices ahora, pero me regañas cuando duermo —le eché en cara.

Mi tío soltó una gran carcajada.

—Los seres humanos somos criaturas llenas de contradicciones.

Resoplé. Este hombre no cambiaría nunca.

—Y cuéntame, ¿qué has aprendido viajando y leyendo?

—Muchas cosas. A fuerza de viajar y de leer siempre me convencía de que no sabía nada. Así es la vida. Una duda continua. ¿No había una poesía de Taneda Santōka que hablaba de ello? «Te haces camino entre los montes y solo encuentras otros montes».

—Oye, tío. —Por fin sentía que era el momento de preguntarle lo que querría haberle preguntado desde el principio.

—¿Sí?

—¿Por qué se fue la tía Momoko?

—Bueno, ella y yo pensamos de la misma manera. Esto nos ha unido, pero en cierta forma también nos ha separado. Nos conocimos en un viaje, enseguida nos enamoramos. Pero los viajes no duran eternamente. En algún momento se debe echar raíces. Pensaba que nuestro sitio final era el mismo, pero me equivocaba.

—¿En serio? ¿Y cómo te sentiste cuando lo entendiste? ¿Sufriste?

—Pues sí —respondió alzando la mirada hacia el cielo cubierto de nubes—. Claro que he sufrido, pero…

—¿Pero…?

—Pero ahora solo espero que sea feliz, allá donde esté y con lo que esté haciendo.

—Entiendo —repuse, incapaz de comprender su estado de ánimo—. Pero ella te ha abandonado, se ha ido.

—Sí, pero Momoko es la única mujer que me ha amado realmente. Es la verdad. El recuerdo que tengo de ella, de los dos juntos, estará conmigo mientras viva. En el fondo creo que todavía la amo.

¿Cómo se podía pensar algo así?

Me hubiera gustado preguntárselo, pero su delicada espalda, bajo la luz de las farolas, me transmitió un sentimiento de melancolía. Lo dejé estar.

Esa noche, quién sabe por qué, me costó dormir. Estaba revolucionada, pasaban las horas y no lograba calmarme. Me atormenté durante mucho rato en mi futón, los pensamientos se agolpaban en mi mente, se hinchaban hasta casi explotar. No podía más, me preguntaba qué habría sido de mí y al mismo tiempo me devanaba los sesos con mis recuerdos más dolorosos.

No estaba bien. Decidí levantarme. Sentía que me asfixiaba. Pensé en ver la tele, pero antes tendría que ordenar los libros bajo los que estaba enterrada. No era algo para hacer a las tres de la madrugada.

Si tan solo tuviese un libro, pensé en la oscuridad. *Me ayudaría a pasar el tiempo.*

En ese momento exclamé: «¡Seré tonta!». Efectivamente, estaba en una librería. Había tantos libros como quisiese o incluso más. Hasta ahora los había considerado obstáculos a superar, olvidando completamente su uso principal.

Encendí las luces y empecé a buscar cualquier cosa que pudiera interesarme. No tenía ni idea de dónde meter las manos, me parecían todos iguales, viejos y estropeados. Mi tío enseguida habría sabido localizar uno que le gustara.

Resignada, me puse delante de la montaña de libros de bolsillo y cerré los ojos. Alargué la mano y extraje de la pila el primero que pesqué. Se titulaba *Hasta la muerte de una joven*. El autor se llamaba Murō Saisei. Me sonaba su nombre de cuando iba al instituto, pero nada más.

Empecé a leer sin demasiadas expectativas, a la tenue luz de la lámpara y envuelta en el futón. Pensaba que me aburriría y me dormiría en pocos minutos.

Y, por el contrario, ¿qué me estaba pasando? Una hora después estaba totalmente atrapada por el libro. El estilo era difícil, lleno de palabras complicadas, pero hablaba de la psique de un personaje inestable que suscitó en mí un interés fuerte.

El protagonista, tras haber pasado su adolescencia en Kanazawa, se muda a Tokio para cumplir su sueño de convertirse en poeta y se va a vivir a la zona de Nezu, donde está ambientada gran parte de la historia. Allí se liga a la hermanastra de un amigo y luego a la novia de otro. La «joven» del título es la que conoce el protagonista en un encuentro casual durante su vida en Tokio, cuando está sin trabajo y sin dinero. Su relación con ella cura las heridas de su corazón, aunque por poco tiempo.

Lo que más me impactaba era que a la descripción del ambiente conflictivo en el que había crecido el protagonista y de su adolescencia totalmente privada de estímulos la acompañaba una atmósfera serena y delicada. Esa apacible sensación, difícil de describir, me conmovió profundamente. Era potente, y eso dependía, sin lugar a dudas, del hecho de que el autor debió haber plasmado en la obra sus emociones más intensas.

Se hizo de día y ni siquiera me di cuenta; seguía devorando las páginas, una tras otra.

Cuando mi tío llegó, me encontró todavía enfrascada en el libro. Estaba tan acostumbrado a mi frío recibimiento, que se quedó de piedra.

—¡Este libro es buenísimo! —dije mientras le mostraba *Hasta la muerte de una joven*.

Su rostro se iluminó. Parecía un niño que acababa de recibir un estupendo regalo de cumpleaños.

—¡Totalmente cierto! ¡Qué alegría que tú también lo creas! —exclamó, emocionado.

—Sí, es realmente un buen libro. Cómo podría decirlo... me ha cautivado. —Me irritaba no ser capaz de explicarlo mejor. La expresión «me ha cautivado» no se acercaba ni de lejos a la idea del revuelo interno que me había provocado.

—Es maravilloso escuchártelo decir. Y encima te has puesto a leer a Murō Saisei, que ya no está de moda. Enhorabuena.

Mi tío estaba tan feliz que hasta me lo contagió.

Así empezamos a hablar sobre el libro y estuvimos durante un buen rato. Estaba feliz de tener algo en común con alguien, aunque ese alguien fuese mi tío. Es más, estaba emocionada por que fuera alguien como él.

Las circunstancias inesperadas nos abren puertas que no podríamos imaginar. Justo así era como me sentía.

Y, de hecho, a partir de ahí empecé a leer un libro tras otro. Era como si la sed de lectura, adormecida desde hacía tiempo, hubiese explotado de improviso.

Intentaba disfrutar los libros que leía, uno por uno, despacio. Tenía todo el tiempo del mundo y, con respecto a los libros, no corría el riesgo de quedarme sin material.

Nagai Kafū, Tanizaki Jun'ichirō, Dazai Osamu, Sato Haruo, Akutagawa Ryūnosuke, Uno Kōji... Nombres que ya había escuchado, pero de los que no había leído nada; o que me eran totalmente desconocidos, daba igual: si me llamaban la atención, los escogía y los leía con avidez. Y, cuanto más leía, más quería leer.

Era la primera vez que vivía una experiencia tan maravillosa. Casi me parecía que había desperdiciado años de mi vida.

Dejé de dormir en la habitación, ya no sentía la necesidad. En lugar de refugiarme en el sueño, cuando mi tío me relevaba, me iba corriendo a leer a una cafetería o a mi cuarto.

Aquellos libros viejos escondían historias que eran inimaginables para mí. Y no me refiero solo a lo que narraban. En cada uno encontraba rastros del pasado.

Por ejemplo, en *Un paisaje del alma*, de Kajii Motojirō, leí: «¿Qué significa mirar? Significa transferir a un objeto parte de nuestra alma, si no su totalidad».

Cualquiera que se hubiese emocionado al leer esta frase la habría subrayado con tinta. Yo, que también me había emocionado, sentí afinidad con ese desconocido y fui feliz.

A veces me pasaba que hallaba flores secas que habían sido usadas como marcapáginas. Cuando me ocurría, las olía y fantaseaba con quién, cuándo y en qué estado de ánimo las habría puesto entre esas páginas amarillentas.

Eran encuentros que superaban las barreras temporales, que solo era posible a través de los libros viejos. Y así, empecé a aficionarme a la librería Morisaki, que estaba llena de libros viejos.

Me parecía un privilegio poder pasar horas en ese pequeño y tranquilo mundo. Aprendí a conocer a los escritores y en poco tiempo me había familiarizado con los clientes habituales. El señor Sabu se percató del cambio y me dijo: «¡Excelente, Takako-*chan*!» y empezó a verme de una forma totalmente diferente.

Empecé a pasear por el barrio cada día. El aire iba siendo más fresco y daban ganas de salir a caminar. Me entusiasmaba que las hojas de los árboles se tornaran amarillas justo mientras mi estado de ánimo iba cambiando.

Durante mis paseos pude observar un Jinbōchō totalmente diferente de cuando lo visité por primera vez. En menos de lo que canta un gallo, todo el barrio se convirtió en un territorio a explorar y yo no cabía en mí de alegría. Era el rincón de una ciudad donde se respiraba un aire de otros tiempos, ya fuese en las calles principales o en los callejones; con todas esas librerías viejas, las cafeterías y esos bares de otro mundo, te daban ganas de visitarlo todo. El barrio estaba inmerso en un ambiente único, lento; no había ni rastro de ese frenesí del que tanto había intentado huir.

Hasta que me di cuenta de que no había una librería igual a otra. Las que se dedicaban solo a narrativa se dividían en especializadas en literatura extranjera, en novelas históricas y en otros mil tipos; también había algunas que solo vendían revistas de cine, libros para niños, pequeños libros del periodo Tokugawa. Por no hablar de los libreros: algunos eran viejos huraños y otros, jóvenes con un aire simpático. Según la oficina de información del barrio, había más de ciento setenta librerías. Mi tío tenía razón: era el barrio de librerías más grande del mundo.

Cuando me cansaba de caminar, entraba en una cafetería.

El café caliente era muy agradable ahora que la temporada se estaba enfriando, y una taza de café al acabar el paseo era la mejor forma de calentar mi corazón.

Así pasaron los primeros días de otoño.

Esa nueva cotidianidad tuvo un efecto sorprendente en mi carácter. Los problemas que con el tiempo se habían hecho bola dentro de mí empezaron a disolverse mientras mis amistades en el barrio se multiplicaban. Iba muchísimo al Subouru; así entré en confianza con el propietario y con el resto del equipo, sobre todo con la camarera, Tomo.

Tomo estaba en el primer año del máster en literatura japonesa y en su tiempo libre trabajaba a media jornada en el Subouru. Alguna vez se pasaba a comprarnos libros. Tenía dos años menos que yo. A primera vista parecía una persona tranquila y reservada, pero en realidad tenía una naturaleza pasional. En concreto, su amor por los escritores japoneses era algo fuera de lo común. Me encantaba su complejidad.

Tomo empezó a visitar la librería aunque no fuese a comprar nada y tomamos la costumbre de beber un té en mitad de los libros de mi habitación.

—¡Qué maravilla! ¡Siento como si estuviese viviendo en un sueño! —dijo la primera vez que subió conmigo; le brillaban los ojos.

—¿Tú crees? Para mí es un poco pequeño y solo tengo un hornillo.

Desde el punto de vista de la comodidad, para mí, que vivía allí, no era precisamente el mejor.

Tomo me miró como si no hubiese entendido nada y me rebatió.

—¿Y no estás contenta? No hay nada innecesario, alargas la mano y ya tienes libros. ¿Qué puede haber mejor?

—Ya...

—Que sí.

Miré a mi alrededor. Su entusiasmo y su excitación hicieron indudablemente agradable esa habitación que hasta entonces me había parecido tan sosa.

Tomo propuso decorarla, así que fuimos a comprar unas cosmos en la floristería de la esquina y las pusimos en un jarrón sobre la mesa. El ambiente se iluminó al instante. Me prometí tener siempre flores de temporada.

Después de un tiempo, le pregunté a Tomo por qué le gustaban tanto los libros.

Ella me respondió con su típico tono relajado:

—Mmm... ¿por qué, preguntas? En secundaria era muy callada, la mera idea de expresar mi opinión delante de otros me aterrorizaba. Pero las emociones se agolparon en mi mente como si de vórtices se tratase y empecé a odiarme a mí misma... Pero cuando tomé prestado de mi hermana *La estudiante* de Dazai Osamu y lo leí, ahí empezó todo... y todavía no ha acabado.

—Para muchos amantes de la lectura todo empieza con un libro que se transforma en una experiencia inolvidable.

—Pues entonces esperemos seguir encontrando tantos buenos libros, no importa si tú o yo —sonrió Tomo.

—Sí, esperemos —asentí con convicción.

Y, más tarde, gracias a ella, me sucedió otra cosa.

Un día, a primeras horas de la tarde, mientras estaba sola en la librería, vi llegar a Takano, que trabajaba también en el Subouru. Dado que estaba en la cocina, no tenía muchas oportunidades de hablarle. Sin embargo, era imposible no verlo con ese físico larguirucho suyo. Lo reconocí enseguida y le di la bienvenida. Él hizo un gesto con la cabeza y empezó a rondar por la tienda como quien se siente en el lugar equivocado en el momento equivocado.

Pensé que era un poco raro. Le pregunté si buscaba alguna cosa en concreto y solo farfulló: «No... eh... no...».

¿Qué le pasaba? Estaba todo sonrojado. Parecía un niño que hubiese visto a la chica por la que le palpitaba el corazón. Me estremecí. ¿Sentiría algo por mí? Realmente, cuando mi tío le dijo que me llevase a algún lado me pareció que se había sentido verdaderamente incómodo. Y ahora... ese mero pensamiento me ponía nerviosa a mí también.

En la librería reinaba un vergonzoso silencio. El aire era muy pesado y sentía que me ahogaba. Justo cuando pensaba que no aguantaría más, él exclamó algo en voz alta.

Estaba convencida de que iba a declararse y ya estaba pensando en cómo rechazarle sin que se lo tomase demasiado mal. Pero las palabras que pronunció me tomaron totalmente desprevenida.

—Aihara viene mucho por aquí, ¿no? —dijo, enrojeciéndose.

—Aihara es... ¿Tomo?

—Sí.

—Así es. Normalmente viene cuando desconecta durante la pausa para comer. ¿Por?

—¿De qué habláis cuando viene aquí?

El fuego que sentía que me quemaba por dentro hasta hacía nada se apagó al instante. *Devuélvemelo, quiero sentir otra vez eso,* pensé.

—¿Te refieres a que... te gusta Tomo-*chan*? —le pregunté, un poco disgustada.

—Bueno... no, no exactamente...

—No te preocupes, puedes contármelo. La verdad es que Tomo es muy guapa. Además, imagino que tú la conocerás mucho mejor que yo ya que trabajáis juntos, ¿o me equivoco?

—Bueno, yo estoy en la cocina y ella en la sala. Y encima no se me da bien encontrar las palabras adecuadas...

—Se ve de primeras que eres muy tímido.

—¿Crees que tendrá novio? —preguntó Takano con la pinta de quien estuviese preguntando lo más importante en toda la faz de la Tierra.

—Quizá. Ahora que lo pienso, nunca se lo he preguntado. Pero siendo tan guapa y simpática... no me extrañaría que lo tuviese.

—¿Podrías preguntárselo la próxima vez sin darle a entender que te lo he pedido yo?

—¿Y por qué yo? Es una pregunta muy fácil, ¿por qué no se la haces tú?

—Pero vosotras tenéis confianza, si la haces tú sería una curiosidad totalmente natural. Sin contar que yo nunca he hablado realmente con una mujer...

—Bueno, lo estás haciendo ahora mismo... —repliqué, ofendida. *¿Qué pasa? ¿Que yo no soy una mujer o qué?* Pero él no movió ni un músculo.

—No te pido que lo hagas gratis. Te devolveré el favor regalándote el café cada vez que vengas a nuestra cafetería.

Su propuesta expulsó todos los malos pensamientos que había tenido hasta ese momento y me puso de buen humor.

—¿Lo dices en serio? Mira que me presento ahí todos los días.

—Bueno... quizá todos los días...

—¿Ahora te pones tacaño? Por el precio de un café podrías acercarte a la mujer de tus sueños.

—Vale... —asintió Takano, no del todo convencido—. Pero tienes que prometerme que nunca le dirás nada sobre esta conversación.

—Lo prometo —dije llevándome una mano al corazón.

Y así, Takano y yo sellamos un pacto secreto. Me contó que su flechazo por Tomo duraba ya casi seis meses, durante los que no había ido más allá de un saludo; se conformaba con verla de lejos. Tal vez demasiado indeciso, pero también puro.

Ahora que había aceptado la tarea, estaba determinada a hacer que las cosas salieran bien entre ellos. Tomo no necesitaba mi ayuda para nada, pero Takano, aparte de su exagerada timidez, era un buen chico con la cabeza sobre los hombros. Pensé que no estaba mal darle una oportunidad. Hice todo lo que pude, y no por el café gratis.

Lo primero fue hacerle unas preguntas a Tomo, todo muy impreciso, pero descubrí que no tenía novio y que no le interesaba nadie en particular. Su color favorito era el azul; el animal, el lirón; el barrio, no hace falta decirlo, Jinbōchō. Después de un tiempo y a pesar de que no conocía mis intenciones, Tomo empezó a impacientarse con todas esas preguntas.

47

Pero no me rendí. Con cada información nueva, iba corriendo al Subouru y se lo soltaba todo a Takano mientras me tomaba el café que me había ganado.

—El animal favorito de Tomo es el lirón —le susurraba desde el otro lado de la barra.

Y él, siempre en voz baja:

—¡Oh! ¡Qué bonito!

Con el resultado de que el encargado, a quien no se le escapaba ni una, se convenció de que entre nosotros había algo y la noticia no tardó en llegar a todos los clientes habituales.

Sin embargo, mis esfuerzos no servían para nada. Takano era demasiado tímido y no encontraba ninguna excusa para empezar una conversación con Tomo, así que estábamos siempre en el punto de partida. Cuando supo que no tenía novio, soltó un grito de victoria, pero antes de poder tener dos charlas con ella, seguramente tardaría diez años. No tenía sentido. Por mi parte, seguía devanándome los sesos: tenía que haber alguna manera de hacer que le hablase.

Hasta que un día llegó, de forma totalmente inesperada, una suculenta ocasión.

Una tarde que estábamos saboreando tranquilamente un té en mi habitación, Tomo me habló sobre cierta fiesta de libros de segunda mano.

—¿Una fiesta de libros de segunda mano? ¿En qué consiste? —pregunté.

—Espera, ¿no lo sabes? Cada año, en otoño, los libreros del barrio exponen sus libros en una gran liquidación. ¡Jinbōchō se llena de gente!

—¿De verdad? ¡Parece muy divertido!

—Sabes que la librería Morisaki también participa, ¿no?

—¿Segura? No tenía ni idea.

—Claro, participan todas las librerías.

Como era de esperar, mi tío olvidaba contarme las cosas más importantes. Me juré a mí misma que me las pagaría.

—Me gustaría dar una vuelta. ¿Te apetece acompañarme?

En ese momento tuve una iluminación. No había tiempo que perder: tenía que decírselo a Takano.

Acepté enseguida:

—¡Pues claro que voy!

Capítulo cinco

La feria de libros de segunda mano de Kanda se celebraba a finales de octubre y se alargaba durante una semana en la que se exponían muchísimos volúmenes tanto en mesas como en puestos.

Era una fiesta que se llenaba hasta los topes. Amantes de los libros antiguos, jóvenes, hombres y mujeres desbordaban las calles del barrio. Aunque sabía que tan sólo se celebraba una vez al año, el número de visitantes superó con creces mis expectativas. Las calles Yasukuni-dori y Sakura-dori vibraban y prácticamente explotaban con todo ese entusiasmo; y el barrio, que de normal parecía una postal desteñida, se llenaba de colores desde la mañana. Un verdadero espectáculo.

Como había dicho Tomo, la librería Morisaki también participaba. El tío Satoru y yo nos ocupamos durante varios días de dividir los volúmenes, ordenarlos en las mesas y exponerlos fuera de la tienda. Muchos clientes habituales vinieron a visitarnos, además de algún que otro señor particularmente acaudalado que, decidido a no dejar pasar la oportunidad, se llevó cajas llenas de libros insólitos y costosos.

Tal y como imaginaba, con lo alegre que era mi tío, se sentía como pez en el agua. Me contó que siempre había participado en la fiesta, cada año desde que era niño. De hecho, me dijo que en ese preciso momento sentía que su cuerpo estaba preso de un frenesí incontrolable.

—Dentro de nada empezará a hacer frío y los clientes se irán yendo. Por eso es importante que ganemos todo lo posible ahora, ¿entiendes? —dijo.

Fue una de esas raras ocasiones en las que me soltaba un discurso de vendedor, pero en cuanto me despistaba, ya estaba ganduleando por los puestos de otras librerías. No hace falta decir que me tocaba traerlo de vuelta cada vez.

La tercera tarde le pedí a mi tío que me dejase salir antes para dar una vuelta por la feria con Tomo. Y, como era de esperar, nos encontramos con Takano *por casualidad*.

Interpretamos un papel como si fuésemos actores experimentados.

—¡Menuda coincidencia!

—¡Ya ves! ¿Quién hubiera imaginado que nos encontraríamos aquí?

Pero no hacía falta nada de eso, pues Tomo era bastante ingenua y no parecía sospechar nada. Así que decidimos continuar nuestro paseo los tres juntos.

Delante de Tomo, Takano parecía totalmente petrificado. Cuando, preocupada, le dije: «¡Pareces Robocop!», él me respondió con una voz metálica que realmente recordaba a un robot: «No soy capaz ni de caminar». Tomo lo escuchó y empezó a reírse.

Quién sabe por qué las ciudades que están de fiesta transmiten tanto entusiasmo a todo aquel que las visita. Caminábamos juntos con grandes pasos, como si nos hubiésemos puesto de acuerdo. Aunque Takano tenía más de un motivo para caminar así. Cada vez que Tomo le dirigía la palabra, su rostro se iluminaba como si se le hubiese aparecido un camino de flores. Era tan ridículo que más de una vez tuve que aguantarme las ganas de reír.

Mientras mirábamos los libros de un puesto bien equipado en el cruce de Jinbōchō, nos encontramos con el señor Sabu. Iba con su mujer y llevaba tantos paquetes que casi no podía sujetarlos con ambas manos.

Su mujer era tan atractiva y elegantísima en su kimono que no pude evitar pensar que merecía algo más que el señor Sabu. Pero entre ellos se podía percibir, sin ninguna duda, esa sintonía de las parejas ancianas que llevan juntas toda una vida.

Miré los paquetes del señor Sabu y le dije:

—Has vuelto a comprar un montón, ¿eh?

La mujer dio un paso adelante y dijo, desconsolada:

—Y tanto que sí. No hace otra cosa que comprar libros y en casa ya no nos queda espacio. Es más, ¿por qué no te pasas a comprárselos todos?

—Cualquier cosa menos eso, por favor —intervino el señor Sabu—. Últimamente me estoy controlando, ¿no lo has notado?

Eran muy graciosos y hasta nos seguimos riendo cuando ya nos habíamos despedido de ellos.

Empezaba a oscurecer, pero Yasukuni-dori seguía llena de gente, así que seguimos encantados con nuestro paseo parándonos de tanto en tanto a comprar los libros que más nos gustaban. Tomo nos llevó a una librería que conocía, Kintoto, donde vendían libros de la escuela primaria de la era Taisho. El estilo anticuado de esos ejemplares me transmitía todo lo contrario, una sensación de frescura, por lo que acabé comprándome un manual de gramática de dos mil yenes.

Cuando comenzaron a cerrar las librerías por la noche, fuimos a un restaurante del edificio de Sanseido y cenamos juntos. Takano por fin parecía realmente relajado y quizá, cuando tenía a Tomo de frente, ya no veía campos llenos de flores. Era un gran conocedor de la literatura extranjera y habló durante toda la cena de Faulkner, Capote, Updike y otros escritores; al contrario de su habitual torpeza al hablar, cuando se refería a los libros que adoraba desarrollaba mucha soltura. Tanto Tomo como yo lo escuchábamos encantadas.

Fue un día perfecto, estábamos felices. Takano enseguida me agradeció hasta el infinito, pero a decir verdad la que más se divirtió fui yo, y él no me debía nada.

Capítulo seis

L a última tarde cerré la librería, subí a mi habitación y me quedé un rato sola sin hacer nada. Miré por la ventana y vi que toda la gente que había atestado la calle toda una semana había desaparecido. Me tumbé en el futón y el *tic-tac* del reloj me parecía fortísimo. Tras quedarme un rato mirando al techo, sentí cómo me inundaba una ola de melancolía parecida a la que había experimentado cuando llegué.

Justo en ese momento, alguien golpeó la persiana metálica e hizo que me levantase de un salto. Me giré con lentitud y, entre una rendija y otra, pude ver un ojo observándome.

—¡Aah! —grité estridentemente y toda pálida, como la protagonista de una película de terror.

—Vaya, ¿te he asustado? —dijo una voz peculiarmente intensa, a la que le siguió una cabeza.

Me llevé una mano al pecho.

—Tío, ¿pero qué sustos me pegas?

—Tienes razón. ¿Puedo molestarte un momento? —Y, mientras lo decía, ya estaba entrando en la habitación con dos bolsas grandes de plástico de las que sacó botellas de alcohol y de zumo que puso sobre la mesa. También había patatas y aperitivos de sepia seca.

—¿No habías ido a la fiesta de los organizadores? —le pregunté.

Puso una sonrisa de niño y respondió:

—Me he pasado por ahí, he saludado y me he ido. Tenía ganas de celebrarlo contigo. De hecho, nunca hemos bebido tú y yo solos. ¿Te habías dado cuenta?

—Tienes toda la razón. Brindemos. —La melancolía de hacía un rato se había disipado como por arte de magia.

Cuando mi tío sacó de las bolsas todo lo que había comprado, la habitación se transformó en una sala para fiestas en miniatura. A través de la ventana abierta nos llegaba el eco lejano del canto de un insecto. Inmersos en ese ambiente relajado, la noche pasó lentamente, como si el tiempo se hubiese parado.

—Entonces, ¿te has acostumbrado a esta nueva existencia? —preguntó mi tío, con la espalda apoyada sobre una estantería, alargando las piernas, relajado.

Sonreí.

—Sí. Al principio me costó un poco, pero ahora estoy disfrutando de esta pausa en mi vida.

—Me alegro.

—Pero hay una cosa que me pone de los nervios.

—¿El qué?

—Tú siempre lo has sabido. Sabías que me acabaría encariñando con este sitio.

—Para nada. Pero me alegra que te guste. Si así lo deseas, puedes quedarte para siempre, Takako.

La amabilidad de sus palabras me hizo estremecer.

—¿Por qué eres tan amable conmigo? Sé que soy tu sobrina, pero hacía años que no nos veíamos.

—Porque te quiero mucho —respondió él sin ningún pudor—. Para ti tal vez yo solo sea un pariente de mediana edad que conoces poco o nada, pero para mí es diferente. Para mí tú eres como un ángel.

—¿Un ángel?

Casi escupo el trago de cerveza que había dado. Nadie me había dicho nada por el estilo, ni hombre ni mujer.

—Así es, un ángel. Una bendición.

—¿Una bendición? —repetí, todavía más confundida. No recordaba haber hecho nada por él en mi vida.

—Exacto, una bendición. Es algo de lo que estoy convencido. Si te lo contase, tan solo me estaría arriesgando a aburrirte.

—Eh, no, por favor, quiero saberlo —respondí.

Me miró y me hizo prometer que no me reiría.

Asentí con la cabeza y empezó a hablar con parsimonia, como si estuviese hurgando en la memoria.

—Cuando tenía algo menos de veinte años, llevaba una existencia apática, sin ningún objetivo. Me sentía fuera de lugar tanto en casa como en la escuela y estaba siempre en mi mundo. Era demasiado sensible y eso me llevó a esperar demasiado de los demás y de mí mismo y, al mismo tiempo, justamente por eso, me sentía vacío. Había nacido así. Creía que no había sitio para mí en el mundo.

Nunca habría imaginado que mi tío hubiese podido sentir algo por el estilo. Pero seguía sin entender qué tenía que ver todo eso con que me considerase «un ángel».

—Fue entonces cuando tu madre te dio a luz. Cuando volvió a casa para que te conociera toda la familia, te conocí ahí yo también. En el momento en el que te vi dormida, tan pequeña y envuelta en una mantita de lana, rompí a llorar sin saber por qué. Quizá por la emoción de encontrarme frente al misterio más profundo de la vida. Pensé en que crecerías, que absorberías tantas cosas, que vivirías mil experiencias, y eso me ponía tan feliz como si fuese yo mismo quien fuera a vivirlo. De repente, mi corazón roto se llenó de una cálida luz. Un tenue resplandor que me generó una fortísima voluntad. Ahí tomé una decisión: no podía seguir viviendo encerrado en la cárcel que llevaba dentro. Debía moverme, observar a mi alrededor, aprender el máximo posible. Y buscar mi sitio en el mundo, un sitio donde pudiese ser yo mismo. Así que empecé a viajar y a leer. Para mí, nuestro encuentro fue una especie de iluminación.

—Una iluminación... Impresionante.

—Y por eso te considero un poco como una bendición. Haría cualquier cosa por ti.

Mi tío me había contado esa historia con tal sinceridad que no sabía qué decir. Me avergoncé por todas esas veces que me había fastidiado o irritado: me sentí infantil. Saber que sentía algo tan profundo por mí... A su vez entendí por qué era tan bueno conmigo cuando era una niña. Qué tonta había sido: hasta ese momento había dado por sentada su amabilidad hacia mí.

Se me encogió el corazón al ver que alguien me apreciaba tanto. Apenas pude contener las lágrimas.

—Tío, algunas cosas no se deberían decir mientras picoteamos sepia seca. —Él lanzó una carcajada.

—Y, al final, ¿has encontrado tu sitio en el mundo?

—Bueno, diría que sí. Pero he tardado muchos años.

—Por casualidad, ¿ese sitio es este? —Él asintió.

—Exacto, aquí es. Nuestra pequeña y vieja librería Morisaki. Después de haber alzado el vuelo con mi gran mochila llena de ilusiones, tras haber dado la vuelta al mundo, he acabado en el sitio más familiar, el de mi infancia: es irónico, ¿verdad? Pero sí, he vuelto después de todo este tiempo. Ahora sé que no era un problema de lugar, sino de corazón. Allá donde fuese, en compañía de quien fuera, mi lugar siempre sería aquel donde no estuviera mintiéndole a mi corazón. Cuando lo entendí, se cerró una etapa de mi vida. Volví a mi lugar seguro y eché el ancla. Para mí esto es un santuario, el mejor sitio para recuperar el aliento.

—Me ha venido a la mente que hace un tiempo el señor Sabu te definió como el salvador de esta librería...

Mi tío se rio.

—Pero ¡cómo que salvador! ¡Sabu exagera! Simplemente me encargué de la librería cuando tu abuelo estaba demasiado enfermo como para ocuparse él mismo y temía tener que cerrarla. Al principio él estaba en contra. Yo era muy simplón y por aquel entonces el sector de la compraventa de libros de segunda mano estaba en plena crisis. Pero yo me puse de rodillas y le supliqué que me cediese la librería.

—Así que eso pasó...

—No era justo que este sitio acabase tan mal, ¿no? He pasado aquí gran parte de mi infancia. Me sentaba al lado de mi padre, detrás del mostrador, y leía en silencio los cuentos de Andersen mientras él me acariciaba la cabeza con sus grandes manos. Para mí esos eran momentos de pura felicidad. Temía que mis recuerdos se desvaneciesen junto a la librería si hubiese permitido que cerrase: ¿cómo podría haber aceptado eso?

Sus palabras calaron hondo.

¿Dónde estaba el tío al que conocía, al que creía conocer? ¿Cuánto pesar, cuánto dolor, le había afligido a lo largo de su vida? Su corazón gritaba más fuerte que el mío. Su corazón era un cofre lleno de tesoros.

Quizá su carácter excéntrico fuera solo una forma de ocultar las demás emociones, un esfuerzo que en algunas ocasiones debía resultarle incluso desgarrador. Porque en su interior...

Sentí una punzada de melancolía.

—Si Momoko hubiese encontrado aquí su lugar... Cuando se fue, me empeñé tanto en sacar a flote la librería que no me di cuenta de lo mal que estaba.

—Tío.

—¿Sí?

—A mí me gusta esta librería. Me gusta muchísimo.

Habría preferido decirle algo más profundo, pero no me salió nada mejor. Aunque eso era justo lo que sentía.

—Gracias. No pretendo que esta librería sirva para todo el mundo, pero con que una persona, tan solo una, me diga lo que tú me has dicho, seré capaz de salir adelante muchos años más. «La barca va siguiendo la corriente, se deja llevar, liviana, sin una meta»: así es como quiero vivir con mi librería.

Mientras lo decía, mi tío esbozó una sonrisa.

Tras aquella noche, empecé a pensar seriamente en mi vida.

En la librería había encontrado calor y serenidad, pero no podía contentarme con eso o nunca crecería. Seguiría siendo frágil. Tenía que irme, volver a tomar las riendas de mi existencia. Tenía que hacerlo.

A pesar de eso, estaba llena de dudas y el mero pensamiento de alejarme me provocaba terror. Quería quedarme un poco más. Ahí residía mi fragilidad.

Al final no fui capaz de dar el primer paso y me quedé un tiempo más en la primera planta de la librería Morisaki. Quizás esperaba el momento oportuno. Y, un día de improviso, se presentó la ocasión perfecta.

Capítulo siete

La llamada me llegó el dos de enero.

Pasé la Nochevieja en la librería, ni siquiera volví con mi familia. Abriríamos de nuevo el día cinco; mi tío se había ido a las termas con sus colegas del consorcio y yo me quedé sola. Durante esos días, Jinbōchō se había quedado desierta. Había poquísimos habitantes en la zona y, con todos los locales y oficinas cerradas, no se veía ni un alma. Ni siquiera había coches en toda la calle Yasukuni-dori.

La noche del treinta y uno fui al santuario de Yushima con Tomo, pero aparte de eso no tenía nada más planeado. El primer día del año y el siguiente tan solo paseé por el barrio. Era agradable perderse por esas calles solitarias, incluso el aire parecía más limpio. Callejeaba por ahí con la bufanda al viento, parando solo de vez en cuando para respirar bien hondo.

Cuando volví la noche del dos, el teléfono que había dejado en la habitación estaba parpadeando. Pese a que lo había eliminado de la agenda, reconocí inmediatamente el número en cuanto lo vi. Mi buen humor se esfumó al instante y sentí una punzada en el corazón. Presioné el botón con un dedo tembloroso y escuché el mensaje del buzón de voz.

«Hola, Takako. Cuánto tiempo. ¿Cómo estás? Estos días no tengo nada que hacer, ¿te apetece que nos veamos? Espero que me devuelvas la llamada...».

Presioné «Eliminar» antes de que el mensaje hubiese acabado, pero ya era demasiado tarde: el malhumor se había apoderado de mí rápidamente y no sería capaz de librarme de él con facilidad.

Después de las vacaciones, cuando reabrió la librería, seguía estando mal.

Algo indescriptible, pesado y frío se asentó poco a poco en mi corazón. Me di cuenta de que una parte de mí todavía no había dejado atrás aquello. Pese a que habían pasado ya seis meses, me bastó con escuchar su voz para hundirme de nuevo en el caos. Estaba claro que el rencor me impedía avanzar de una vez por todas.

—Takako-*chan*, ¿qué te preocupa? Si tienes algún problema, puedes contármelo —me dijo de repente mi tío a finales de enero mientras cerraba la librería.

—¿Cómo te has dado cuenta? —le pregunté, sorprendida.

—Se nota con solo mirarte. No estoy ciego —bromeó.

Durante todo ese tiempo fingí que no tenía problemas, y pensaba que lo había conseguido, pero él se dio cuenta.

—Desde hace un tiempo iba todo bien y estabas tranquila. Pero luego has cambiado. Cuando te hablo pareces distraída.

—¿Sí?

—Sí. No creo que pueda hacer mucho por ayudarte, pero si te desahogas puede que te sientas mejor.

No tenía intención alguna de hablar con nadie, pero frente a esas palabras no pude contenerme: necesitaba que alguien me escuchase, que me consolase y me dedicase un poco de atención. Me sentí patética, hubiese preferido aguantarme, pero las palabras de mi tío rompieron todas mis defensas.

Le conté todo con pelos y señales mientras bebíamos whisky en mi habitación. Fuera caía una lluvia fría, las gotas golpeaban contra la ventana.

No es para tanto. Esa fue la premisa con la que empecé y, mientras hablaba, me di cuenta de que realmente sí lo era. Perdí el trabajo y el novio de un plumazo. Me sentí ridícula cuando lo dije en voz alta. Pero al final me sentí mucho mejor.

Mi tío bebía el whisky sin decir nada, solo escuchaba. E incluso tras una hora hablando, entre divagaciones y pausas, seguía en silencio. Miraba pensativo el vaso que tenía en la mano.

Finalmente se tomó otro vaso de whisky de golpe y dijo:

—Vale, ¡ahora vamos a exigirle a ese tipo que se disculpe! Le obligaremos a decir: «Te he hecho daño, me he comportado mal».

Fue una reacción tan inesperada que casi me desmayo.

—¿Qué? ¿Ahora? Pero si son las once de la noche.

—¿Y a quién le importa?

Mientras lo decía, se levantó y se fue hacia la salida de la librería. Corrí detrás de él y lo agarré del brazo.

—No serviría. He sido tonta al contártelo. Solo quería a alguien que me escuchase. Tío, ¿sabes que estás borracho?

—Qué voy a estar yo borracho. Bueno, un poco sí. Pero eso no importa. ¿No te pone de los nervios? Te han utilizado, Takako.

—Claro que me pone de los nervios. Me pone terriblemente de los nervios, tanto como el primer día.

—Pues entonces vamos. Libérate del rencor o los fantasmas del pasado continuarán atormentándote hasta el fin de tus días.

—Vale, pero no puedo presentarme allí contigo, como si fuese una niña que se lleva a su padre o a su madre detrás para solucionar algún problema. ¿No entiendes que me da vergüenza? —repliqué, casi llorando.

—¡No tienes de qué avergonzarte! —No imaginaba que un hombre tan menudo como mi tío pudiese gritar tan fuerte. Su voz resonó por toda la sala—. No tienes que avergonzarte, tú eres mi sobrina. Ya te lo he dicho, ¿no? Te quiero muchísimo. Y por eso mismo no puedo perdonar a ese tipo. Es algo egoísta: tu tío no puede perdonarlo.

—No paras de decir tonterías. ¿Qué tiene que ver el egoísmo con esto?

—Tiene que ver porque si voy, me sentiré mejor. Y que sepas que iré sin ti si hace falta. Así que quiero que me digas dónde vive. Voy allí y lo muelo a puñetazos.

¿A puñetazos? La noche estaba tomando un rumbo peligroso.

—Espera, por favor. No puedes. Llamará a la policía. ¡Sin contar con que él jugaba a rugby tanto en el instituto como en la universidad! Y tan enclenque como eres, si intentas darle un puñetazo, ¡te arriesgas a recibir muchos más!

—Eso… eso no hará que cambie de opinión. —A pesar de sus palabras, pareció calmarse un poco.

—Vamos, dejémoslo y sigamos bebiendo —dije con una sonrisa en un intento desesperado por hacerlo volver sobre sus pasos.

Pero mi tío me miró y me dijo:

—No debes huir, Takako-*chan*. —El tono de su voz era tremendamente serio—. Estoy contigo, no huyas.

Sus ojos fijos en mí hicieron que me sintiera fuerte.

Tenía razón: no podía huir, si no nunca cambiaría nada. Estaba claro.

Me mordí el labio y dije:

—Tienes razón. Vamos, tío.

Él hizo un gesto de decisión con la cabeza.

Cuando, tras un recorrido de cuarenta minutos en taxi, llegamos frente a la casa de Hideaki, la lluvia era más fuerte. Corrimos hasta la puerta, mojándonos de pies a cabeza porque no habíamos llevado paraguas.

—¿Es aquí?

Mi tío se paró frente al portal número 204.

—Creo que sí —respondí, intentando acordarme.

Efectivamente, en todo el tiempo que estuvimos juntos tan solo había ido a su casa un par de veces. Cuando no salíamos, casi siempre estábamos en mi casa. ¿Cómo no me di cuenta de que había algo detrás de eso?

Mi tío se peinó el pelo mojado con las manos y, sin dudarlo, tocó al timbre. Yo temblaba por el frío y los nervios. Tenía náuseas. Hace nada había soltado ese «Vamos», pero ahora que estaba delante de la puerta de Hideaki, toda esa bravuconería que sentía había empezado a abandonarme.

Me hubiera gustado hacer como si nada e irme, dejándolo todo tal y como estaba. Eso pensaba frente a la puerta de metal cerrada.

Pero ya era demasiado tarde. Escuché movimiento, luego el sonido de la cerradura y, por fin, se entreabrió la puerta.

—¿Quién es? —Preguntó una voz suave que conocía muy bien.

Mi tío se agarró al marco de la puerta y la abrió de par en par.

Hideaki nos miró con la boca abierta. Seguramente le habíamos despertado porque tenía la marca de la almohada en la mejilla y el pelo despeinado. Pero esos hombros fuertes y esos ojos alargados eran los de siempre. Es verdad, estaba igual, no habían pasado diez años. Sentí una punzada en el corazón.

Hideaki abrió mucho los ojos. Primero me miró a mí y luego a mi tío, a quien le preguntó:

—¿Quién eres?

—El tío de Takako.

—¿Qué?

—El tío Satoru. Su madre es mi hermana.

—No, si eso lo he entendido. Lo que quiero saber es qué haces aquí.

—Algo tendré que hacer si estoy aquí, ¿no? Si no, no habría venido. ¿O parezco alguien que quiera venderte una suscripción a una revista?

—Pues sí que lo pareces. ¿Me dices entonces qué haces aquí? —preguntó Hideaki, irritado.

Yo no entendía nada, me limitaba a observarlos. Esa noche mi tío estaba especialmente combativo.

—Si estamos aquí es porque te has comportado de manera deplorable con ella. No te hagas el tonto.

—¿Cómo?

La voz de Hideaki subió un tono, pero mi tío no se dejó impresionar.

—Le has tomado el pelo, te las has apañado para obligarla a que dejase el trabajo... ¿acaso tienes sentimientos? ¿No te sientes culpable por haber herido tanto a alguien?

—Espera, espera, ¿cuándo se supone que la he herido? ¿Te lo ha contado ella?

—Por supuesto.

—Serás estúpido. No sé quién carajo eres, pero ¿cómo eres capaz de creerte todo lo que te dice esa? Era ella quien me venía detrás.

—¿Y por qué tendría que mentir? ¿Qué ganaría con eso? Por tu culpa ha dejado el trabajo y todavía sufre.

—Fue ella quien decidió dejarlo.

Mi tío respiró profundamente.

—No hay nada que hacer, Takako. Este está podrido hasta la médula.

—Eh, eh, *tiíto*. Mide tus palabras.

Hideaki salió del rellano y le lanzó una mirada amenazante a mi tío. Debía de ser al menos veinte centímetros más alto que él. Mi tío, sin dejarse intimidar, le devolvió la mirada, pero el efecto fue completamente diferente.

—¿Qué ocurre?

Desde dentro apareció en pijama Murano, la prometida de Hideaki.

No podía ir peor. Estaba avergonzada, incómoda, no sabía qué hacer.

—¿Takako? —dijo Murano frunciendo el ceño cuando se percató de mi presencia—. ¿Qué narices pasa aquí? Estás empapada...

—Se han presentado sin avisar. Takako, ¿te has vuelto loca? ¿Cómo se te ocurre venir en mitad de la noche con este tipo?

—Díselo, Takako.

—Bueno...

Levanté lentamente la cabeza y vi que todos me estaban mirando. ¿Por qué había acabado así? Me hubiera gustado desintegrarme instantáneamente. Todos esperaban en silencio a que dijese algo. Me devanaba los sesos buscando las palabras apropiadas para dejar claro todo.

«Pasaba por aquí». «Había venido a devolver un libro que me había dejado». «Quería daros la enhorabuena por las nupcias». No, nada era verdad. Para nada. No era eso lo que quería decir. ¿Qué había ido a hacer allí? ¿Quería dejar algo claro o no? Si hubiese seguido dando rodeos no habría resuelto nada.

Decídete, me dije.

—Yo...

Los ojos de los tres estaban puestos en mis labios. Respiré profundo. Mi tío estaba allí conmigo. Tenía ganas de llorar. Al mismo tiempo sentía cómo se agolpaban en mi corazón todas las emociones que había intentado sofocar. Ni siquiera lograba pensar; las palabras se convirtieron en un caudal y salieron de mí sin que pudiese controlarlas.

—¡Quiero que me pidas perdón! ¡Para ti ha sido solo un juego, pero para mí no! ¡Yo te amaba de verdad! ¡Soy un ser humano y tengo sentimientos! ¡Quizá tú me tenías como alguien a quien usar a tu antojo, pero yo pienso, respiro, lloro! ¿Tienes idea de lo mal que lo he pasado? Yo... yo...

No fui capaz de decir nada más. Entre la lluvia y las lágrimas estaba calada. Pero tras seis meses por fin había sido capaz de decirle lo que debería haberle dicho en aquel restaurante.

—Bien dicho, Takako-*chan* —dijo mi tío dándome una palmada en la espalda. Luego se giró hacia Hideaki—. Ahora es tu turno. Ella te ha dicho lo que siente. Le debes una respuesta.

Hideaki estuvo todo el rato en silencio con la cabeza agachada. Al final murmuró:

—¡Qué estupideces! ¡Tal vez vosotros podáis perder el tiempo, pero yo no! Me voy a dormir. Marchaos si no queréis que llame a la policía.

Y así, mientras lo decía, cerró lentamente la puerta. Tras el sonido de la cerradura, volvió el silencio.

—¡Espera un momento!

Mi tío empezó a golpear la puerta con ambos puños mientras yo intentaba impedírselo.

—Ya está, tío.

—¡Pero Takako!

—Ya está, de verdad. Me siento mejor. Nunca me había sentido tan bien. Creo que es la primera vez que le grito a alguien mis sentimientos.

Junto a esas palabras, le devolví una sonrisa bañada en lágrimas.

—Si tú lo dices... —refunfuñó sin estar convencido del todo—. ¿Estás segura?

—Sí. Vamos, volvamos a casa si no queremos pescar un resfriado.

—Vale...

Vi la puerta cerrada, pensé *adiós* y me fui.

En el taxi no dijimos casi nada. Mi tío, agotado por el enfrentamiento con Hideaki, se hundió en el asiento de atrás. Yo estaba a su lado, relajada por fin e inmersa en mis pensamientos.

La culpa no era solo de Hideaki. Lo sabía muy bien. Si las cosas habían acabado así era porque yo también tenía parte de culpa. Había sido demasiado ingenua y dócil.

Pero sentía que debía decírselo. Tal vez fue egoísta por mi parte, pero quería que supiese lo que sentía. Ya había sufrido demasiado por mi falta de coraje. Sabía perfectamente que Hideaki nunca admitiría su culpa, pero a pesar de eso tenía la necesidad de soltárselo todo o no sería capaz de pasar página. No habría sido capaz de alzar el vuelo. Si mi tío no me hubiese dado ese empujón, seguramente habría seguido tragándome mis sentimientos.

Busqué las palabras adecuadas para agradecérselo, pero no las encontré. Tan solo una me rondaba la mente y se la dije: «Gracias...».

Él sonrió y se acercó a mí, hombro con hombro. El calor de su cuerpo me calmó. Tenía a alguien que se preocupaba por mí, que se enfadaba por mí. Hasta entonces siempre me había sentido sola, pero ahora tenía a alguien dispuesto a defenderme y a cuidarme. Estaba muy feliz.

Nuestro taxi recorría en silencio la calle iluminada por las luces de neón borrosas por la lluvia.

Capítulo ocho

J usto después decidí que debía dejar la librería.
Aunque fue de un modo extraño, ese suceso me dio la fuerza que necesitaba. Todo aquello que me bloqueaba había desaparecido, haciendo que me sintiese más ligera. Y entendí que era el momento de marcharme.

Encontré un nuevo apartamento y me organicé para mudarme en marzo. Estaba muy lejos de la librería, pero no importaba. No tenía ni idea de cómo acabaría esto, pero gracias a algún contacto de mi antiguo trabajo conseguí un puesto a media jornada en una pequeña agencia gráfica.

Cuando le conté a mi tío que tenía intenciones de irme, lo tomé por sorpresa y me invitó a que lo pensara mejor:

—No debes tomar decisiones precipitadas...

Pero ya lo había decidido.

—Me he tomado un descanso demasiado largo. Si no salgo en busca de mi lugar en el mundo, me arriesgo a no encontrarlo nunca.

Mi tío no me dijo nada más.

Durante ese último mes intenté disfrutar lo más posible de la librería. Me esforcé al máximo en el trabajo, mientras que en mi tiempo libre leía todos los libros que podía. Para agradecérselo a mi tío, limpié de arriba abajo tanto la tienda como el apartamento de la primera planta, donde reordené con mucho cuidado todos los libros que el primer día amontoné en un rincón de la habitación.

Avisé de mi marcha a los clientes habituales y a mis amigos del Subouru. Todos se pusieron tristes, señal de que me querían mucho, y eso me conmovió. El señor Sabu hasta me propuso que me casase con su hijo, y estuvo a nada de presentármelo de verdad. Takano y Tomo me organizaron una fiesta de despedida. Preparamos un *nabe* en mi apartamento y trasnochamos. Tomo estaba realmente disgustada por tener que despedirse de su compañera de lectura y me dijo: «Te aviso, te estaré esperando para la feria del año que viene».

Ese día Takano me confesó que hacía un tiempo había invitado a Tomo a ver una película en un cine de Shibuya. Todavía estaban lejos de empezar a salir juntos, pero teniendo en cuenta la timidez de Takano, ese había sido un gran paso.

—¡Enhorabuena! —le dije, feliz, dándole una palmada en su delgada espalda.

Después de todo eso, recibí una llamada totalmente inesperada de Murano, la prometida de Hideaki, y quedamos para tomar un café.

Me sabía mal haberla obligado a presenciar aquella escenita en casa de Hideaki, así que fui al lugar también con intención de disculparme. Pero apenas me vio, fue ella quien inclinó completamente la cabeza.

Me contó que siempre había tenido sospechas, y que después de haber presenciado aquello, sumó dos más dos, acosó a Hideaki a preguntas y por fin logró que le contara la verdad. No obstante, hasta esa noche nunca habría podido imaginar que la otra mujer de Hideaki fuese yo.

Como no paraba de disculparse, le dije: «Yo también tengo culpa», pero ella me contradijo negando con la cabeza. Anuló la boda. Me disculpé otra vez, pero ella me respondió: «No es tu culpa, Takako».

Yo no podía hacer otra cosa que sentirme culpable, pero cuando se lo conté unos días después a mi tío, me dijo: «Hiciste bien. Más vale que haya descubierto su verdadera naturaleza antes de casarse que después».

Para mi tío Hideaki era un enemigo, así que era normal que pensara así, aunque entendí que lo que decía era lógico y por fin me sentí liberada.

La última noche en la librería tomamos un café en el balcón de mi habitación, bajo un frío invernal. Mi tío me regaló un montón de libros que, según me dijo, había leído de joven y lo habían marcado de alguna manera. Eché un ojo a las grandes bolsas de papel que había preparado para mí y vi que estaban llenas de obras de autores que no estaban de moda, como Fukunaga Takehiko y Ozaki Kazuo. Fue una noche muy especial. Mi tío me dijo algo que nunca olvidaría. Empezó así:

—Quiero que me hagas una promesa. No tengas miedo de enamorarte. Intenta amar todo lo que puedas. Aunque a veces sufras por ello, recuerda que una vida sin amor es mucho más triste. Me atormenta pensar que, tras lo que te ha sucedido, te cierres en ti misma. Amar es maravilloso. No lo olvides nunca. Quien ha amado, lo recordará durante toda su vida. Y ese recuerdo calentará su corazón. Es algo que se entiende cuando se llega a mi edad. ¿Me lo prometes entonces?

—Sí, te lo prometo. Creo que aquí ya lo he aprendido gracias a ti. Así que no tienes de qué preocuparte.

—¿De verdad? Entonces podré estar tranquilo allá donde vayas.

—Por supuesto. Gracias, tío.

La mañana de mi partida me puse a mirar la librería Morisaki con la primera luz del día. Un viejo y pequeño edificio de madera. No podía creer que había vivido ahí.

Por un momento, no fui capaz de mover ni un músculo, tan solo echaba mi respiración como vapor debido al frío. La tenue luz del sol cubría la calle en un cálido abrazo. Las tiendas todavía estaban cerradas y había silencio y tranquilidad por todas partes.

Puse buena cara e hice una reverencia hacia la librería. *Nunca olvidaré todo lo que me has dado*, pensé.

Le agradecí todo desde lo más profundo de mi corazón a mi tío, que vino adrede tan temprano para despedirme. Para mí ya era alguien insustituible, ¿quién lo hubiera dicho?

En el momento de la despedida, mi tío lloraba como un niño; tanto, que me pregunté dónde estaba ese hombre maduro que la noche anterior me había soltado ese discurso.

—Mira que lo sabía, no puedo. Quédate, Takako-*chan* —me dijo, apretándome las manos bien fuerte sin querer soltarme.

—Pero vendré a verte a menudo —lo consolé, aunque debería haber sido él quien me consolase—. Y recuerda: quiero que te cuides y cuides de la librería.

Un segundo más y no habría sido capaz de irme. Me despedí de mi tío, que seguía intentando retenerme, y me encaminé hacia la calle. Caminé rápidamente hacia el final de Sakura-dori, sin girarme ni una vez, mientras afloraban todos los recuerdos. Pero fui capaz de controlarme y llegué hasta el final.

Luego tuve un presentimiento, paré y me giré a mirar.

Vi la silueta de mi tío bien pequeñita, quieta en mitad de la calle y despidiéndose con la mano. Y ahí ya no pude contenerme y rompí a llorar.

Con el rostro empapado por las lágrimas, agité también mi mano. Mi tío entonces la agitó aún más fuerte. El sol brillaba a sus espaldas.

—¡Cuídate! —grité. Entonces doblé la esquina y me encaminé por Yasukuni-dori, ya llena de gente.

Las personas que me vieran llorando de esa manera pensarían que era algo rara, pero no me importaba. Lloraba porque tenía ganas de llorar y nunca en mi vida había llorado unas lágrimas tan felices.

El penetrante aire de la mañana parecía anunciar la primavera y yo iba a su encuentro con paso ligero.

El regreso de Momoko

Capítulo nueve

—¡Takako-*chan*! ¡Cuánto tiempo! Parece que hubiese hecho como Urashima Taro cuando visitó el mundo submarino y, a su retorno a tierra firme, ¡descubrió que habían pasado tres siglos!

La tía Momoko me acogió con esas palabras seguidas por una risa estruendosa apenas me vio frente a la librería. Su voz resonó por toda la calle. Me tomó tan desprevenida que por un momento no supe cómo comportarme.

Era verdad. Había vuelto. Me convencí cuando me la encontré de frente. Ya lo sabía porque me lo habían dicho, pero para creerlo tenía que verlo con mis propios ojos. Era como si alguien me hubiese dicho que había visto a un fantasma.

Pero la tía Momoko estaba allí realmente. Y de buen humor, además. Reapareció de improviso tras cinco años de ausencia. ¿Cómo hacía para estar de tan buen humor? El tío Satoru, por el contrario, estaba a su lado con la expresión de un perro que se había comido algo rancio. ¿Se habían intercambiado los papeles?

—¿Qué pasa? ¡Ni que hubieras visto a un fantasma, tontina! —me dijo la tía Momoko.

Todavía no había abierto la boca. Un fantasma me hubiese sorprendido menos.

Estaba a punto de decírselo, pero me contuve:

—Tía Momoko, parece que estás en forma —me limité a observar. Nuestro último encuentro se remontaba a diez años atrás. De joven era muy hermosa. No como para perder la cabeza, pero sí como para atraer las miradas. Como una piedra recogida a la orilla del mar; no una piedra preciosa, pero sí una con brillo propio. De pequeña siempre me había parecido muy misteriosa, me llamaba la atención lo distante que era en las reuniones familiares (la tía Momoko además era tirando a bajita).

Y seguía hermosa a pesar de tener unos cuantos años más encima. Llevaba una sudadera gris y unos pantalones vaqueros, y un poquito de maquillaje. Aunque la variedad en sus expresiones, la espalda recta y la velocidad de su conversación la hacían parecer mucho más joven. Más que envejecida, parecía haber mudado la piel y haberse liberado de lo superficial.

En cualquier caso, no parecía alguien que se hubiera ido de casa y hubiera vuelto sin avisar. El tío, por el contrario, tenía la espalda encorvada, no se cuidaba al vestir, iba despeinado y parecía casi un anciano.

Momoko entornó los ojos y me dijo:

—Pero Takako, ¡si te has convertido en toda una mujer! En el funeral del abuelo estabas todavía en el instituto. Vaya, si parece que fue ayer.

Así nos reencontramos una bonita tarde de otoño, delante de la librería Morisaki con el atardecer de fondo, mi tío Satoru, Momoko y yo.

Capítulo diez

—Ha vuelto.

La exaltada llamada de mi tío Satoru se remontaba a dos días atrás. Ya habían pasado meses desde que dejé la librería.

Tras el largo descanso que me tomé allí con él, empecé a trabajar en una pequeña agencia gráfica. En tres meses pasé de media jornada a trabajar a tiempo completo, por lo que no tenía casi tiempo y no pude visitarlo durante varias semanas. Por eso, cuando me llamó, creía que era solo porque quería verme. Aunque me di cuenta de que era por otro motivo al escuchar el tono de su voz.

Desde la otra parte de la línea, mi tío me explicó con todo detalle lo que estaba pasando. La llamada duró casi dos horas.

Mi tío había estado en la librería todo el día, como siempre. La jornada había salido bastante bien porque había conseguido vender unos libros insólitos de Mori Ōgai y Oda Sakunosuke, por lo que estaba de muy buen humor. Mientras se dirigía a cerrar la librería, silbando, alguien entró sin mediar palabra.

¿Un cliente a esas horas? A mi tío le pareció raro, pero siguió con los preparativos para el cierre, de espaldas a la entrada. El cliente, sin embargo, no avanzaba hacia el interior de la tienda. Se quedaba en el umbral de la puerta y contenía la respiración. Muy extraño. Cuando, desconfiado, fue a girarse, ese cliente murmuró algo. Al escuchar su voz, mi tío se sorprendió «como si le hubiesen golpeado la cabeza diez mil veces».

Al principio pensó que había escuchado mal. Pero en su interior sabía que no podía equivocarse con eso. Confundir esa voz era tan improbable como que cientos de clientes fuesen a la librería Morisaki en un mismo día.

El cliente se dirigió hacia la espalda de mi tío, rígida e inmóvil, y esta vez pronunció más claras sus palabras: «Satoru…».

Mi tío respiró profundamente y se dio la vuelta.

El pasillo de siempre de la librería parecía encogerse para dejar sitio a aquella figura. Delante de él estaba su mujer, desaparecida sin dejar rastro hacía cinco años e ilocalizable hasta ese momento. No lograba apartar su mirada de ella. Creía estar soñando. Ya había tenido sueños por el estilo un millón de veces. Pero ahora parecía demasiado real como para ser un sueño. Era Momoko, y no había cambiado nada.

Después de un largo silencio, Momoko sonrió.

—He vuelto a casa.

Lo dijo como si acabase de regresar de un paseo. Tan solo llevaba una bolsa como equipaje.

Mi tío se quedó mirándola durante un rato y luego dijo:

—Bienvenida.

Sin decir nada más, Momoko se dirigió tranquilamente al piso de arriba y se instaló en el apartamento.

—Espera, espera, espera.

Hasta ahora había estado escuchando pacientemente, pero tras oír lo que se habían dicho, no fui capaz de contenerme.

—¿Qué diablos pasa? ¿«He vuelto a casa» y «Bienvenida»? ¿«Se instaló en el apartamento»? De verdad que me parece una historia de fantasmas.

Él me respondió con una seriedad extrema:

—Tan solo digo la verdad, Takako.

—Si lo que me estás contando es real, entonces los dos estáis locos. ¿Por qué la tía ha vuelto así de repente? ¿Y tú por qué la has acogido sin enfadarte siquiera?

—Es normal quedarse con la boca abierta con esto —admitió mi tío—. Pero así es como ha ido, ha sido una reacción totalmente natural.

Estaba tan irritada que me quedé sin palabras. Ya sabía que mi tío era algo extravagante, pero los dos juntos ya me parecieron absurdos.

—No me creo que todavía no le hayas preguntado nada —le dije.

—Sí, ya sabes cómo es. Son cosas difíciles de preguntar —me respondió.

—Pues no. ¿Por qué no te la llevas a casa, a Kunitaki, y allí le preguntas todo lo que le tienes que preguntar?

—Allí se sentiría incómoda. Prefiere el apartamento sobre la librería. ¿Sabes, Takako? Yo no entiendo a las mujeres. Según tú, ¿por qué ha vuelto? —me preguntó con tono dubitativo.

Mi respuesta fue cortante:

—Yo eso no lo puedo saber. Tratándose de tu mujer, tú eres quien mejor la conoce.

—Sí, de hecho, pensaba que la conocía mejor que nadie. Solo que ahora estoy confundido, no entiendo nada. Tú eres una mujer, quizás entre vosotras podéis entender qué os pasa por la mente.

—Vale, las dos somos mujeres, pero somos personas completamente diferentes.

Mi tío se quedó callado un momento y luego me preguntó:

—Oye, Takako-*chan*... ¿Tú crees...? ¿Tú crees que se irá otra vez?

Me morí de ternura al escuchar el tono preocupado de su voz. Me volvió a la mente su espalda encorvada, la noche que me contó qué había sucedido con la tía. Todavía la amaba, era obvio. Y aún sufría por ella. No quería volver a ver esa espalda encorvada.

—¿Tú quieres que se quede?

—No lo sé. Antes pensaba que me bastaba con saber que estaba feliz allí donde estuviese, pero ahora que ha vuelto, todo ha cambiado. No es que sepa con certeza que Momoko puede llegar a ser feliz aquí conmigo... ¡Menuda presunción sería por mi parte!

Resignada, le pregunté:

—Bueno, ¿quieres pedirme algo?

—¿Cómo lo sabías? Necesito un favor...

Sonreí.

—Tío, ya he estado bastante contigo como para saber cuándo quieres algo de mí.

—Takako-*chan*, en el mundo no hay ninguna sobrina tan maravillosa como tú, ¿lo sabes? Te estaré siempre agradecido.

Como imaginaba, mi tío me pidió que indagase en los planes de Momoko. Por qué había vuelto, qué intenciones tenía.

Hace cinco años se fue dejando tan solo dos líneas: «Estaré bien. No me busques». Antes de eso, nada hacía presagiar que pudiera suceder algo por el estilo, y ahora había vuelto solo con una bolsa como equipaje. Por eso mismo mi tío temía que se repitiese la historia.

En aquel momento se quedó tan perplejo que, tras haber reflexionado hasta vomitar, decidió hacer lo que decía la nota: no la buscó, ni siquiera fue a la policía.

Mi tío me dijo que Momoko me apreciaba mucho, sobre todo porque no habían tenido hijos, así que quizá conmigo se abriría más. Añadió: «¡Avísame cuando vengas!», y colgó.

¿La tía Momoko me apreciaba? ¿A pesar de que apenas hablásemos? No estaba del todo convencida. Y me molestaba un poco que me estuviesen metiendo en una cuestión tan íntima, una cuestión en la que yo, en el fondo, no pintaba nada. Pero la voz de mi tío sonaba tan desconsolada que no fui capaz de negarme: él también era mi bendición.

Capítulo once

—Vamos, entremos. ¡Tengo tantas cosas que contarte! —dijo Momoko. Hacía dos meses que no pisaba la librería.

Como de costumbre, había libros por todas partes. El suelo de madera crujía a cada paso. Por la luz de la ventana se colaba la luz cálida de la puesta de sol, por la que bailaban partículas minúsculas de polvo. Después de tanto tiempo, inspiré profundamente el aire de la librería. Recordé la primera vez, cuando refunfuñé con una mueca que apestaba a moho, haciendo reír a mi tío. Ahora, por raro que parezca, ese olor a antiguo del papel era de las cosas que más apreciaba en el mundo.

Nos sentamos los tres en el mostrador y comimos *taiyaki* que yo había comprado por la calle. Durante ese tiempo, entraron dos clientes que, viéndonos ahí comiendo como ratoncitos nuestros dulces, pusieron cara rara, compraron deprisa sus libros y se fueron. En lugar de mi tío, fue Momoko quien los atendió, y lo hizo con mucha cortesía. Se veía que estaba acostumbrada, realmente había estado con un librero muchísimos años.

Sobre todo fue ella quien habló. Era como un río embravecido, un discurso desprovisto de todo hilo lógico.

—Así que has vivido tú también aquí, Takako-*chan*. Como yo ahora… El aire acondicionado se niega a funcionar, el verano aquí debe de ser horrible. Pero bueno, estos *taiyaki* están rellenos de pasta de judías hasta rebosar, qué maravilla. ¿Dónde los has comprado? Han cambiado unas cuantas cosas por aquí. Veo más tiendas a la moda. ¿Es posible que ya solo las mujeres de mediana edad usen la expresión «a la moda»?

Entre charla y charla, algunas veces le pellizcaba las mejillas al tío Satoru. Se le acabaron poniendo rojas después de un rato.

—¿Por qué no paras de hacerle eso? —pregunté, sorprendida.

—¿El qué? —preguntó Momoko como cayendo de las nubes.

—¡No paras de pellizcarle las mejillas!

—Ah, es verdad —se rio ella—. Es una vieja costumbre. Pellizco las mejillas de los demás. Pero solo a las personas que conozco muy bien. Será mi forma de dar cariño. Pero hay que admitir que Satoru está muy gracioso cuando se lo hago, ¿verdad?

Mientras lo decía, puso ambas manos alrededor de la cara de mi tío y empezó a estirarle las mejillas arriba y abajo, como se hace con los niños cuando los regañas. Mi tío, más que parecerme gracioso, me daba pena.

—¡Para ya! —se lamentó él. Pero ya se había acostumbrado tanto que percibí un tono de resignación en su voz.

Su reacción hizo que Momoko rompiese a reír, pero finalmente le dejó en paz. Tal vez fuera un poco sádica.

—¡Me da vergüenza delante de Takako! —Protestó mi tío.

—Uy, ¿por qué? ¿Qué te importa? ¡Takako es nuestra sobrinita!

—No volverá a ver en mí la autoridad de un adulto.

—¿Y cuándo has tenido tú autoridad? —respondió ella rápidamente.

Quizá, con el tiempo, empezaría a pellizcarme a mí también las mejillas. Mirándolos sentí un poco de miedo.

Después, la tía Momoko cambió de tema por enésima vez.

Me tomó las manos de repente y me miró muy seria.

—Estoy muy feliz de haberte visto de nuevo, Takako-*chan*. De vez en cuando pensaba en ti. *A saber qué estará haciendo esa sobrinita mía tan amable*, me preguntaba. Cuando ibas al instituto eras tan tranquila y reservada, realmente adorable. ¿Y esa trenza que llevabas? ¡Una maravilla!

—¿Eso pensabas de mí? En realidad no era para nada como dices —la corté.

Por aquel entonces estaba en plena adolescencia, siempre llena de rabia pero incapaz de expresarlo ni resolverlo, cosa que me atormentaba. Ella, por el contrario, me veía así. Si en las reuniones familiares me comportaba bien era solo porque no quería atraer la atención sobre mí.

La gente se hace ideas equivocadas de los demás muy a menudo, pensé, observando a Momoko, que me miraba con los ojos brillantes. Yo misma había malentendido muchas partes de la personalidad de mi tío Satoru. Es posible ser parientes, compañeros de escuela, o colegas de trabajo durante años, pero si no se hace un esfuerzo para conectar realmente con los demás, es como si no nos conociésemos de nada. Por eso yo tenía en parte culpa por cómo había acabado todo con Hideaki. No podía hacer otra cosa que darle vueltas.

—Tú también has cambiado mucho desde la última vez que te vi, tía Momoko —añadí, un poco irónica. Pero ella se echó a reír, señal de que no lo había entendido.

—Bueno, sí. En las reuniones familiares era otra persona. Vuestros parientes eran todos muy educados, ¿no? El abuelo estaba siempre tan impasible que te hacía dudar de si llevaba una máscara del teatro *noh*. La decisión de casarnos fue tan repentina que en esa casa me sentía siempre un poco incómoda. Todos parecían extraños en nuestra presencia. Por eso siempre intentaba estar en una esquina, no hacerme notar.

—Entonces era por eso. Pero os casasteis igualmente.

—Bueno, por aquel entonces la convivencia no estaba bien vista. Nos conocimos en París, nos enamoramos y, cuando volvimos a Japón, nos casamos por lo civil enseguida. Lo hicimos todo impulsivamente.

—¡¿París?! —Exclamé—. ¿Por qué París?

—¿No lo sabías? En esa época yo vivía en París. Satoru viajaba por todo el mundo sin un centavo y nos encontramos frente a un puesto de libros en un mercado de las pulgas. Ya tenía aquí una librería, ¿qué necesidad tenía de ir a buscar libros allí? Sin mencionar que parecía un pordiosero con la barba tan larga y la ropa desgastada.

—Era una manera de mantener alejados a ladrones y asaltantes —bromeó mi tío.

Pero Momoko lo ignoró.

—Sin embargo, cuando le hablé, me pareció interesante, y encima tenía ese aire melancólico que te daban ganas de quedarte a su lado. Así que me dije a mí misma que podía ir conociéndolo a ver qué pasaba.

—Imagínate.

Ahora estaba pendiente de sus palabras. Mi tío se había ido de Japón para intentar resolver sus problemas y durante su viaje conoció a Momoko. Y, por si fuera poco, en un sitio tan romántico como París. Todavía no llegaba a entender qué hacía ella en París. Intenté preguntárselo, pero se me adelantó y me calló rápidamente.

—La verdad es que era muy joven...

Era una mujer realmente misteriosa.

—En resumen: nos conocimos así, volvimos a Japón, nos casamos y todos nos miraban raro. Pero cuando tu abuelo enfermó y Satoru se ofreció para encargarse de la librería, nos esforzamos al máximo para que nos valorasen.

—La verdad es que a mí me daba exactamente igual que me valorasen —dijo mi tío.

—Menudo mentiroso. Entre tu padre y tú había bastante rencor, ¿o me equivoco? Yo me di cuenta enseguida.

Mi tío se calló. Con su mujer no tenía ninguna posibilidad de salirse con la suya.

Desde fuera parecían una pareja totalmente en armonía. Tenía hasta envidia.

Más que dos cónyuges, daban la sensación de ser dos viejos amigos que transmitían una energía tranquilizadora.

—El trabajo me llama —soltó mi tío como una clara excusa para dejarnos a solas y se fue a la planta de abajo.

Momoko se acercó a mí como si quisiese contarme un secreto.

—Tenemos que ser amigas, ¿vale, Takako-*chan*?

Me tomó de nuevo las manos y me miró a los ojos. Sus manos eran tan diminutas como las de un niño pequeño.

—Sí...

—Satoru no puede tenerte toda para él. También estoy yo, ¿sí?

—Sí —asentí con una pizca de preocupación.

Capítulo doce

Cuando el sol se había ocultado del todo, logré liberarme de la tía Momoko y salí de la librería.

Fui directamente a la estación pasando por los callejones. El aire fresco de la tarde me hizo estremecer. Mi sombra se alargaba por la calle con las luces de las farolas.

Al llegar frente al Subouru, mis piernas se pararon de forma automática. Como si fuese el perro de Pavlov, en cuanto vi el letrero de neón anaranjado que parpadeaba en la calle desierta, me dieron ganas de tomar un café. Miré el reloj: eran pasadas las ocho. Entré como si una fuerza me absorbiese.

Como siempre, el local estaba lleno a esa hora. Las voces de los clientes se entremezclaban con la dulce música del piano, y el ambiente me acogió enseguida.

En la barra vi una figura que conocía muy bien. El torso robusto y pequeño, la cabeza pelada y brillante: no podía ser otro que el señor Sabu. Estaba hablando con el dueño. Cuando se percató de mi presencia, agitó la mano y me hizo un gesto para que me acercase.

—¡Hola, Takako! ¡Cuánto tiempo!

Fui a sentarme a su lado y el propietario me saludó con una sonrisa.

Estaba convencida de haberle devuelto la sonrisa, pero Sabu me recriminó:

—Takako, podrías poner una cara más simpática. Así nadie te querrá nunca.

—Precisamente tú no deberías decirme que tengo que poner mejor cara —le repuse, cortante, y Sabu se rio, divertido.

—Has llegado en el momento oportuno. Justo estábamos hablando sobre tu tío. ¿Es verdad que Momoko ha vuelto a casa? Satoru ya no me cuenta nada. ¿Por qué no me lo habrá dicho? —Se podía entender por el tono de su voz que estaba muy intrigado.

—No metas las narices donde no te llaman —le dijo el propietario, pero Sabu replicó:

—Perdona, ¿y eso por qué? Además, espero que recuerdes que eres tú quien me ha dicho que ha vuelto.

Sabu puso morritos como un niño, pero no era nada gracioso. En realidad, a mí me hubiese gustado encontrarme a Tomo, ella sí que era graciosa. Desgraciadamente, ya no trabajaba en la cafetería; había acabado el máster y había conseguido un empleo acorde a sus estudios. Por lo que sabía, Takano y ella todavía eran «amigos».

El dueño me sirvió el café ignorando los lamentos de Sabu. Luego, casi a modo de disculpa, me dijo:

—La verdad es que ayer por la noche me la encontré aquí por sorpresa.

—Entonces, ¿vosotros ya conocíais a Momoko?

—Sí, por supuesto. Frecuento esta zona desde hace bastante, ¿sabes? —respondió orgulloso Sabu.

—¿En serio el señor Morisaki está casado? Nunca lo hubiera dicho. —Takano salió de la cocina con un plato en la mano y un trapo en la otra y se unió a la conversación.

—Claro que no lo sabías. De hecho, Satoru tiene más un aire de viudo. Aunque de joven se las pudo apañar para enamorarla.

—En aquella época, sí. Aunque es cierto que Momoko sigue siendo muy guapa, me pareció que estaba en forma. E igual de simpática, porque me dijo: «¡Qué maravilla beber tu café después de tanto tiempo!».

—¡Qué ingenuo eres! Te dicen un par de halagos y ya te quedas contento. Alguien que se fue durante tanto tiempo y aparece de improviso no me convence. Satoru no debería haberla aceptado. Si mi mujer me hiciera algo por el estilo, ya se enteraría, ya.

Mientras hablaba, el señor Sabu se iba enfadando cada vez más hasta que toda la cara se le puso roja como un pulpo.

—No exageres, Sabu. Justamente tú, que cuando tu mujer amenaza con tirar todos tus libros, te pones a llorar agarrado a su falda.

Takano y yo nos reímos a carcajadas.

—¡Cállate! ¿A ti quién te ha preguntado nada? Y tú, joven, ¿de qué te ríes? ¡Venga, a trabajar!

Takano agarró al vuelo un paño que le lanzó Sabu y se escapó a la cocina.

El dueño le echó una mirada de reprimenda y le dijo:

—No molestes a mis empleados, ¿eh?

—Sois vosotros los que me molestáis a mí.

Cambiaron el tema otra vez a mi tío:

—Eso que siente Satoru no es otra cosa que amor, querido mío. Por el contrario, lo que tú sientes por tu mujer es puro terror.

—Nunca te he podido soportar, créeme. Ya me has cabreado. Me pones de los nervios. ¿Sabéis qué os digo? Le pienso decir yo cuatro cosas a Momoko por Satoru. Ese bonachón no será nunca capaz.

—Calma, calma. Entre mujer y marido… —le advirtió el propietario, aunque había sido él quien había prendido la mecha.

Parecía que todas las personas curiosas se concentraban en ese barrio. Ese pensamiento me provocó una sonrisa que me interrumpió el señor Sabu.

—Takako, para de reírte así maliciosamente. Me da cosa.

Justo después, pasó algo extraño en el Subouru.

Apenas pasadas las nueve me moví a una mesa ya que Sabu se había marchado al estar algo achispado, aunque seguramente era porque su mujer le había dicho que no llegase muy tarde.

Había anochecido y el local se había quedado vacío. Me senté, pedí otro café y saqué del bolso el libro de bolsillo que estaba leyendo. Pero algo atrajo mi atención. Me percaté de una persona que estaba sentada cerca de la ventana, era alguien a quien ya había visto en alguna parte.

Un hombre alto y delgado, de entre veinticinco y treinta años. Llevaba una camisa aguamarina, pantalones grises y tenía el pelo corto. No era alguien que llamase la atención, pero ese aspecto tan perfecto le daba un aire tranquilizador. Miraba distraído por la ventana, como si esperase a alguien, y tenía un libro de bolsillo abierto sobre la mesa.

¿Quién era? Mientras reflexionaba sobre dónde podría haberlo visto, se giró hacia mí, quizá porque se dio cuenta de que lo estaba mirando.

Él también puso una cara extraña cuando me vio. Apartó la mirada de mí y vio el libro que tenía en la mano y, al final, como quien ha entendido la situación, me dijo:

—Buenas noches.

Al escuchar su voz recordé dónde lo había visto.

No era más que un cliente habitual de la librería Morisaki. Como la mayoría de los clientes eran un poco excéntricos como el señor Sabu, solía olvidar a los que eran más reservados como él. Por eso no lo había reconocido de inmediato. Avergonzada por haberme quedado mirándolo tanto rato, me apresuré a devolverle el saludo.

Hice un gesto con la cabeza como para excusarme y añadí:

—Cuánto tiempo.

—No tiene por qué disculparse —respondió él con una sonrisa. Una sonrisa agradable que transmitía confianza.

En ese momento llegó la camarera con mi café. Al verse entre él y yo, se quedó sin saber qué hacer. Por algún motivo, empecé a sentirme confundida yo también.

Dándose cuenta de la situación, el hombre me invitó gentilmente a que me sentara con él:

—Si quiere, puede unirse a mí.

—Pero ¿no está esperando a alguien? —respondí, un poco desubicada.

—No, a nadie en particular.

La camarera pareció relajarse y, volviendo a sonreír, me dijo: «Pues aquí lo dejo», y dejó el café en su mesa.

Llegados a ese punto, no me quedaba más remedio que cambiarme de sitio, así que me senté frente a él.

En situaciones similares tiendo siempre a dejarme llevar. Él me había invitado a sentarme solo por amabilidad, estaba bastante segura de que no tenía un deseo particular de hablar conmigo. Es más, seguramente estaba deseando disfrutar de ese tiempo a solas y yo se lo había arruinado. No podía hacer otra cosa que sentirme culpable.

La camarera esperó a que me sentase y dijo:

—Tómese su tiempo.

Y se fue con una reverencia. Observamos cómo se alejaba y nos reencontramos uno frente al otro.

Silencio.

Me sentía incómoda. Una incomodidad que se vio interrumpida por una risita suya. Lo miré, sorprendida, y me dijo:

—Perdone, es que esto parece una de esas citas a ciegas que se hacen para concertar un matrimonio.

Lo miré y, por algún motivo, se me contagió su risa.

Ni siquiera nos habíamos presentado como correspondía. Tosió un poco y me dijo que se llamaba Wada, Wada Akira, y que trabajaba en una editorial cercana que publicaba sobre todo manuales y libros de texto.

Cuando le dije mi nombre, asintió varias veces y sonrió añadiendo:

—¡Claro, Takako! Recuerdo aquel simpático librero que no paraba de llamarla a voces: «¡Takako-*chan*, Takako-*chan*!».

—Ese es mi tío —murmuré con las mejillas al rojo fuego.

—¿De verdad? Qué afortunada es por tener un librero en la familia. —Wada parecía sincero—. ¿Y ya no está con él?

—No. Me hospedó durante un tiempo. Me habían sucedido algunas cosas y necesitaba recargar las pilas.

—¿Recargar las pilas? ¿En una librería?

—Exactamente.

—Es una hermosa manera de recargar las pilas. No todo el mundo tiene a su disposición una librería entera. Qué afortunada, de verdad.

Y siguió repitiendo que, en mi lugar, él no se habría marchado nunca. Es más, se habría quedado para siempre recargando las pilas.

Obviamente la idea de vivir en una librería le había apasionado. Al principio no me había parecido alguien capaz de semejante entusiasmo.

—¿Qué tal se encuentra su pareja? Venían siempre juntos, si no recuerdo mal.

En realidad, Wada venía casi siempre solo, pero alguna que otra vez había venido con una mujer. Hacían buena pareja, él tan alto y ella también tan esbelta. Aunque no parecía muy interesada en los libros, mientras Wada se perdía entre tantos volúmenes, ella se quedaba a su lado algo aburrida. Después de un rato se cansaba y con voz de pena le preguntaba si le faltaba mucho, y entonces él se excusaba: «Perdóname, ¡solo un poquito más de paciencia!». Sabu habría dicho que «una pareja en una librería va más allá de toda lógica», pero a mí esas escenitas me transmitían una sensación de intimidad que me hacía sonreír.

—Oh, bueno, al final pasó —respondió Wada, bajando el tono—. Al final me ha abandonado, o eso parece —añadió, dejando escapar una risita, y se puso a pensar en otra cosa.

—¡Perdóneme! —exclamé, arrepentida por mi indiscreción.

—Qué va, tranquila, no tiene nada de qué disculparse —me aseguró, aunque parecía muy pensativo.

Estaba muy disgustada por haber tocado un tema doloroso con alguien a quien apenas conocía. Mientras buscaba desesperada cómo cambiar de asunto, me saltó a la vista el libro que tenía sobre la mesa.

—¿Qué está leyendo?

—¿Esto? Se titula *Sobre la colina*. Creo que lo encontré en la librería Morisaki, en la sección de los libros de bolsillo a cien yenes.

Levantó el libro de la mesa para enseñármelo. Estaba contenta por haber podido desviar la conversación.

—Nunca lo había oído nombrar. ¿Es bonito?

—Bueno… es una narración clásica sobre los amores infelices cuyo autor ha acabado en el olvido. Al leerlo me da la impresión de que el estilo es inmaduro y de que tiene muchas lagunas. Pero por algún motivo me engancha y ya es la quinta vez que lo leo.

Mientras hablaba, miraba la ilustración de la portada: una calle en pendiente pintada al óleo. Pude percibir en su mirada algo dulce, delicado, y me entraron ganas de leerlo.

—¡No me diga! ¿Cinco veces? A lo mejor debería leerlo yo también.

—Bah, no se lo recomendaría. ¿Y usted? ¿Qué está leyendo?

Saqué el libro del bolso y, cuando lo vio, se le iluminaron los ojos.

—¡Pero si es Inagaki Taruho! ¡Qué maravilla!

Un cliente habitual de Morisaki no podía ser otra cosa que un lector apasionado, mucho más que yo.

—Pese a haber trabajado en una librería, no soy una experta, más bien al contrario. Me siento como una especie de novata.

Pero Wada hizo un gesto de desaprobación.

—No es cuestión de ser expertos o novatos. Si lo plantea así, ni siquiera yo lo soy tanto. Lo importante es sentir emociones al toparse con un libro.

—Seguramente debe tener razón. Mi tío me dijo una vez algo similar.

—Estaba siempre leyendo en el mostrador, ¿me equivoco? No se puede imaginar la curiosidad que me generaba, siempre estaba tentado de preguntar qué estaría leyendo.

—¿De verdad? Lo lamento, no era la mejor librera.

—No, no, no pretendía decir eso.

Wada me miró como si acabase de recordar algo.

—Estaba tan en sintonía con ese lugar que daban ganas de no hacer ruido para no molestarla. Era como cuando se contiene la respiración frente a una crisálida que está a punto de convertirse en mariposa. Se me quedó grabada, ¿sabe? Por eso, cuando antes la he visto leyendo, me he acordado enseguida de usted. «Ah, es la de la librería», he pensado.

La idea de que un desconocido me viese de esa manera me daba mucha vergüenza. Pero es cierto que por aquel entonces era una crisálida a la espera de convertirme en mariposa. Había pasado página esperando el momento oportuno para alzar el vuelo. Así que Wada no se equivocaba. Aunque aún no estaba segura de la resistencia de mis alas.

—Creo que si no hubiese acabado en esa librería todavía estaría viviendo una vida a medias. Aparte de los libros, ese sitio me ha permitido conocer a tantas personas, me ha enseñado tantas cosas sobre lo que importa de verdad... Por eso el recuerdo de aquellos días siempre permanecerá en mí.

Aunque no había hablado con ese hombre nunca antes, las palabras brotaron de mis labios con total naturalidad.

Wada me escuchaba educadamente y asentía con interés.

—Algo tan importante estaba pasando delante de mis ojos y ni siquiera me di cuenta —dijo muy serio, aunque no sé por qué a mí me pareció gracioso.

A veces ocurren sucesos inexplicables. Podría haber seguido hablando con él durante horas pese a que no era un antiguo amigo. Wada me escuchaba atentamente y luego soltaba alguna broma con la que de repente me hacía reír.

Seguimos hablando durante un buen rato. Miré el reloj de la pared y me di cuenta de que casi eran las once.

—¡Si van a cerrar en nada! —exclamé, sorprendiendo a Wada.

Dado que su casa estaba cerca de allí, decidió quedarse hasta el cierre y yo me fui antes.

En el momento de despedirnos, sonrió y dijo:

—Desde hace un tiempo vengo aquí casi todas las noches. Si le apetece, podríamos volver a vernos.

Mientras estaba pagando, vi al propietario del local riéndose detrás de la barra. Intuí por qué se reía y le lancé una mirada asesina, pero él fingió que tenía trabajo que terminar en la tras-tienda.

Una vez fuera, busqué a Wada a través de la ventana; tenía la barbilla apoyada sobre la mano y observaba la calle. Creyendo que me veía, hice una ligera reverencia, pero él no se percató. Di media vuelta y fui hacia la estación. Sentía como si estuviese caminando a un metro sobre el suelo, era como más ligera.

—Qué raro —dije en voz alta sin darme cuenta.

Alcé la mirada y vi la luna prácticamente llena suspendida en el cielo. Le faltaba solo un pedacito del lado izquierdo.

Capítulo trece

—Hagamos un viaje juntas.

Aproximadamente dos semanas después de nuestro reencuentro, la tía Momoko soltó de improviso esa propuesta.

—Conozco un sitio precioso en Okutama —añadió con los ojos brillantes.

Asentí con la cabeza, aunque me dejó un poco pasmada.

—Hay una montaña enorme que tiene un santuario histórico en la cima. Hay unas vistas fantásticas, el aire es puro, una mara villa. Podríamos quedarnos a dormir en uno de esos coquetos hostales y tomárnoslo con calma. Un bonito viaje de mujeres, ¿qué opinas?

Nos imaginé en ese viaje a las dos solas y empecé a preocuparme. Me sentía totalmente en manos de Momoko. Pero me sostuvo las manos y me miró como alguien que no iba a aceptar ninguna respuesta que no fuera un «de acuerdo».

Habían pasado dos semanas desde que nos vimos en la librería Morisaki; dos semanas en las que me hice ver bastante. Obviamente por petición de mi tío, que quería averiguar qué pasaba con su mujer. Solía ir por las tardes después del trabajo, así que me la cruzaba a menudo; ella estaba contentísima de verme y me esperaba con unos manjares deliciosos. Preparaba de todo en esa cocinita que a mí me pareció siempre demasiado pequeña. Guiso de algas, carne con tofu, pescado marinado, sopa de pulpo y rábano, paparda a la parrilla, sopa de miso con hojas de rábano y nabo rebozado. Echaba muchísimo de menos la comida casera y, de hecho, ese era el único motivo por el que seguía visitándola tanto. La llamaba en el descanso para comer y ella, como una mujercita adorable, me preguntaba: «¿Qué te preparo para cenar?». Y yo le pedía lo que me apetecía.

Un día ya le empecé a insistir en dividir los gastos y ella aceptó en dejarme pagar la mitad de lo que costaban los ingredientes. Tomaba nota de lo que quería comer y me decía: «¡Dalo por hecho!».

Cada vez que me veía frente a la mesa llena de comida, no podía hacer otra cosa que decirle cuánto me gustaba cada uno de los platos que elaboraba.

—Tú sí que sabes apreciar la buena cocina, ¿eh, Takako? —me decía la tía Momoko, aunque ella comía el doble que yo. La verdad es que no llegaba a comprender cómo una mujer tan pequeña podía comer tanto.

—Pues sí, qué le voy a hacer —respondí en una ocasión mientras el *takuan* crujía entre mis dientes.

—¿Tú no cocinas?

—Alguna que otra vez sí, pero casi siempre me conformo con pasta. Casi nunca cocino platos como estos.

—Pues eso será un problema si empiezas a salir con alguien.

—¿Cómo?

Realmente nunca había cocinado para un hombre. Era algo que me avergonzaba y hasta ahora había hecho lo imposible por evitarlo. Aunque en general me faltaba experiencia con los hombres.

—Los hombres son criaturas simples. Puedes conquistar a cuantos quieras con la cocina —dijo Momoko, riéndose. Añadió que me enseñaría si lo deseaba, pero como era una negada para las relaciones, de momento sería yo quien se dejaría conquistar por su cocina.

Obviamente no había olvidado el favor que me había pedido mi tío y, de vez en cuando, intentaba sonsacarle algo. Pero la tía Momoko siempre lograba escurrir el bulto. Incluso si le hacía preguntas directas, ella siempre se escabullía con respuestas como: «Bueno, quizá...».

Como era una persona a la que nunca le faltaban argumentos, lograba desviar la conversación hacia donde quería. Y encima, cuando me ponía delante la comida, me olvidaba de todo lo demás. Siempre pasaba lo mismo y no conseguía descubrir nada nuevo.

Conseguí sacarle alguna cosita (Momoko solía hablar de más cuando iba achispada, así que la hacía beber de vez en cuando). Quedó huérfana de ambos padres cuando era pequeña y la criaron sus tíos en Niigata. Al acabar el instituto, empezó a trabajar en una fábrica y, al cumplir veintiún años, vino a Tokio por su cuenta y se enamoró de un prometedor cámara (aquí necesité preguntarle si lo decía en serio). Él se mudó a París por trabajo y ella lo siguió sin decirle nada: hay que admitir que tenía agallas.

—Qué quieres que te diga: era joven. Una chiquilla ignorante... para mí solo existía él. Más tarde descubrí que tenía mujer e hijos en Japón. Así que ahí acabó todo. No hubiese sido capaz de construir la familia de mis sueños a expensas de otra...

Fue entonces cuando Momoko, destrozada por ese desengaño amoroso, conoció por casualidad al tío Satoru. Al principio se sentía responsable de él y empezó a cuidarlo, pero con el tiempo se dio cuenta de que lo amaba.

—No tenía ni idea —respondí, completamente sorprendida por su historia.

Ella se encogió de hombros y dijo:

—Satoru es un poco receloso con mi pasado, por eso evito hablar de ello.

Ahí me quedó claro que Momoko conocía el motivo de mis visitas.

Una noche, cuando nuestras cenas ya eran rutina, mi tía estaba bebiendo sake y me preguntó con una risita:

—Takako-*chan*, Satoru te pidió que vinieras, ¿verdad?

—¿A qué te refieres? —dije, actuando muy mal en un intento por esconder mi incomodidad. Pero fue inútil. Momoko me pellizcó la mejilla con una expresión de satisfacción.

—Sé muy bien cómo piensa Satoru. Y tú no tienes precisamente debilidad por mí, Takako. ¿O me equivoco?

Sentía cómo me estiraba la mejilla y el corazón me iba a mil. Se había percatado de todo. Era cierto que, en el fondo, no me sentía del todo a gusto con ella. No era que no me cayese bien, pero si alguno me preguntase, tampoco podría decir que me resultara simpática. La verdad es que diría que adoraba su cocina.

Es cierto que había algo en ella que se me escapaba. También se me escapaban cosas de mi tío Satoru, pero con Momoko era diferente. A pesar de todas las horas que pasábamos juntas, era como si la distancia entre nosotras no se acortase nunca. A veces sentía que éramos dos cauces en paralelo cuyos intentos de acercamiento eran imposibles.

Mientras intentaba encontrar una respuesta, mi tía soltó una carcajada y dijo:

—No pasa nada. A mí tú me caes muy bien. Me gusta mucho tu sinceridad, esa incapacidad de mentir. Me encantaría tener un alma tan pura como la tuya.

—Mi alma no es para nada pura. —Sentí que me tomaba el pelo, así que corté por lo sano. Pero Momoko insistió en que era cierto y, no sé por qué, su voz me pareció triste.

—Yo, por el contrario, no hago otra cosa que mentir. —Bajó la mirada.

Durante un segundo, pude ver la melancolía en su rostro. Por primera vez tuve la impresión de haber provocado algo en ella. Pero duró un instante.

Inmediatamente transformó su expresión para poner la de siempre y cambió de tema.

—Bueno, ¿hacemos ese viaje entonces? Todavía no es temporada de *momiji*, pero así encontraremos menos gente y podremos ir tranquilas. ¿Cómo te las apañarías con el trabajo? —Me acosaba a preguntas.

—Diría que bien, la agencia es bastante flexible...

—¿Vamos entonces?

—Bueno, vale...

Al principio había pensado en rechazarlo, pero recordé esa expresión de melancolía y no fui capaz, así que acepté.

En ese momento sentí algo, aunque no sabría explicar el qué. No fue una emoción propiamente dicha. Fue como una señal difícil de interpretar que no podía dejar pasar.

Antes de que saliese el tema del viaje, Wada y yo nos habíamos vuelto a ver un par de veces en el Subouru. En ambas ocasiones yo regresaba de la librería y él seguía ahí. Así que era cierto que iba a menudo. Estaba sentado en la misma mesa que la primera vez y, como entonces, miraba a través de la ventana con la barbilla apoyada sobre la mano.

Ni siquiera yo estaba segura de querer verlo de nuevo. No es que fuese esperando encontrármelo. Pero cuando vi su figura de espaldas al entrar, pensé: *Ahí está*. Cada vez que lo saludaba, se sobresaltaba, como si lo hubiese despertado de una pesadilla. Después, tras haberme observado durante unos segundos como si quisiese asegurarse de algo, me devolvía el saludo.

Me invitaba a que me uniese a él y empezábamos a charlar. Hablábamos de tonterías, pero me sentía bien. Un día salimos antes del cierre y fuimos a pasear por los alrededores del Palacio Imperial.

—Pues hasta la próxima.

—Adiós, hasta la próxima.

Dado que no habíamos intercambiado números, no estábamos seguros de si volveríamos a vernos, pero siempre nos despedíamos así.

La tercera vez no lo vi. No fui allí adrede buscándolo, pero me decepcioné un poco y me puse triste. Me dije que sería raro encontrármelo siempre allí.

Esa noche me senté en la barra y le pregunté por él al propietario que, habiéndonos visto hablar en otras ocasiones, entendió enseguida a quién me refería.

—Ese chico es un poco distante, ¿no? Viene todas las noches desde hace poco. No recuerdo si venía antes.

—No es que sea distante, es que es reservado —lo corregí.

—Disculpa, pues.

—¿No viene para verte a ti, Takako? —preguntó descaradamente Takano, que estaba cerca—. A juzgar desde aquí, hacéis buena pareja.

Lo miré con la boca abierta y me apresuré a negarlo todo.

—Pero ¿qué dices?

—Eh, no te lo tomes a mal.

—¡Y tú no te metas donde no te llaman! —le reprochó el propietario.

—Perdone —murmuró Takano mientras se iba.

Mientras me llevaba el café a los labios, reflexioné sobre lo que había dicho Takano y me dije a mí misma que era una estupidez.

Pero ¿y si tuviese razón?

Wada era un hombre agradable. Simpático, educado, divertido. Sin contar con que era un gran lector. No era presumido ni grosero. Seguro que gustaba mucho a las mujeres.

¿Y yo qué?

Me percaté de que el dueño me estaba observando.

—Deberías quitarte la manía de mirar a la gente. Te arriesgas a caerles mal, sobre todo a las mujeres.

El propietario se echó a reír y desapareció por la cocina como había hecho Takano.

Se me habían pasado las ganas de reflexionar, así que me puse a leer el libro del que me había hablado Wada, *Sobre la colina*.

Lo encontré por casualidad en una estantería de la librería una de las veces que fui a visitar a Momoko. Cuando mi tío vio que le estaba echando una hojeada, me dijo: «Como libro no es gran cosa», pero le respondí que me daba igual, le pagué cien yenes y me lo llevé.

Eran apenas doscientas páginas que leí de un tirón esa misma noche, parte en el Subouru y parte en casa antes de dormir. La narración de un amor que acaba mal, tal y como lo había descrito Wada.

Tokio en los años de la reconstrucción posbélica. El protagonista es un escritor sin dinero que se llama Iida Matsugoro, quien conoce a Ukiyo, camarera de una cafetería en una calle en pendiente. Se enamora de ella a primera vista. Al principio, ella no se percata de él, pero poco a poco, al verlo todos los días en la cafetería, intuye sus sentimientos y se enamora también. Todo parece ir bien entre ellos hasta que Ukiyo se ve obligada a contraer matrimonio con el hijo de un rico empresario para salvar una deuda de su padre. Matsugoro, sin esperanza alguna, no puede hacer nada por evitarlo.

Colmado de desesperación y soledad, se refugia en la escritura con la única esperanza de hacerse un nombre gracias a sus novelas y poder reconquistar así a Ukiyo. A los treinta, Matsugoro logra finalmente el éxito que tanto había buscado, pero poco después se entera de que Ukiyo había contraído una enfermedad muy contagiosa y había muerto.

Desde ese momento, el hombre se entrega al alcohol, a las mujeres y a las drogas. Esa vida descuidada acaba afectando a su salud, pero él sigue sin ser capaz de olvidar a Ukiyo y sigue yendo cada día a la cafetería donde se vieron por primera vez. Hasta que, un día de invierno, volviendo de la cafetería, tose sangre y pierde el conocimiento. La última imagen que ve es la de Ukiyo...

La historia de este amor triste y obstinado me marcó, y al acabar la lectura estaba totalmente conmovida. Las lágrimas caían sobre las páginas dejando grandes manchas.

Me dormí bajó el futón pensando que Wada debía de ser alguien verdaderamente romántico.

Esa noche soñé que era la dueña de la cafetería de la novela y que convencía a Ukiyo de que se quedara con Matsugoro.

Capítulo catorce

—¿**P**or qué vais a hacer un viaje juntas?

La noche antes de irnos, recibí una llamada de mi tío cuando estaba sola en la oficina. Dijo que Momoko le había hablado sobre nuestro viaje y añadió que sí, que me había pedido que indagase, pero que no era necesario llegar tan lejos.

—Estábamos hablando y, casi sin darnos cuenta, ya estábamos planificando el viaje —le conté por encima sin ser capaz de explicarle todo detalladamente.

—Conozco a Momoko, habrá sido cosa de ella seguro —replicó, cortante.

—Que no, de verdad.

—¿Segura?

—Sí. Es más, te traeré algún regalito ya que te doy tanta pena.

Llegados a ese punto, mi tío desistió.

—Si estás cómoda con esto, yo también lo estoy. Quería preguntarte otra cosa: el señor Sabu no para de venir a la librería diciendo que quiere ver a Momoko. ¿Puedes explicarme qué pasa?

Me acordé del numerito que hizo en el Subouru y me eché a reír.

—Nada, se ve que le quiere decir cuatro cosas.

—¿Qué? —se sorprendió mi tío—. Pero si Momoko lo pondría en su lugar en menos de lo que canta un gallo y lo haría huir a toda velocidad. Con personas como Sabu es capaz de dar lo mejor de sí misma.

—Sí, la verdad es que acabaría justo así. —No me era difícil imaginarme la escena.

—Y tanto, pondría la mano en el fuego. De todas formas, Sabu viene siempre ya pasado el mediodía, cuando ella se va, así que nunca se encuentran y él se enfada.

—Ya.

—Me pregunta que dónde está, pero yo no le respondo.

—Bueno, no es una niña. Puede ir donde quiera; total, siempre vuelve al final...

—Sí, eso es cierto, pero... En cualquier caso, no debes sentirte obligada a ir con ella si no te apetece. La verdad es que no entiendo por qué te ha invitado... —refunfuñó para sí mismo antes de colgar.

Esa noche, tras el trabajo, decidí pasarme por el Subouru.

Ya eran más de las nueve y no me apetecía volver a casa. Cuando llegué, el local estaba lleno y la mesa en la que normalmente se sentaba Wada estaba ocupada por dos chicas.

Encontré una mesa libre y me puse a leer *Amistad,* la novela de Mushanokōji Saneatsu que había comprado con la idea de llevármela al viaje. Aunque no lograba concentrarme. Sin querer, cada vez que alguien entraba, miraba hacia la puerta para ver si era Wada.

Una veintena de páginas después, Wada llegó de verdad. Lo saludé y vino enseguida a sentarse a mi lado. Mientras veía cómo se acercaba, me dio una sensación extraña. Era como si hubiese perdido algo de color.

Esperé a que se sentase y le pregunté:

—¿Estás trabajando mucho?

—Todo lo contrario. No tengo nada que hacer —respondió, pero en su cara se podía ver que estaba cansado.

Nos quedamos en silencio. Normalmente el silencio no me incomoda, pero aquella vez me pareció casi insoportable. Las palabras de Takano me vinieron a la mente y las ganas de hablar se me fueron del todo, hasta que se me ocurrió una idea y dije con una gran sonrisa:

—Por cierto, he leído *Sobre la colina*.

Wada no mostró especial interés y se limitó a murmurar:

—Oh, ¿de verdad?

Me entristeció porque estaba segura de que le entusiasmaría saberlo.

—Es una historia manida, ¿no crees? —dijo con un hilo de sarcasmo en la voz.

—Todo lo contrario. Me ha gustado mucho.

—Pero la idea de esperar a una persona toda la vida no es nada realista.

—Sí, sobre eso quizá tengas razón.

—Al menos para mí. O, para ser más concreto, «es algo un poco inquietante».

—¿Cómo? —respondí, sin entender qué quería decir.

Pero Wada siguió.

—La traje aquí en nuestra primera cita. Este sitio también le gustaba. Y volvimos bastantes veces. Por eso le dije que la esperaría aquí. «Si cambias de idea, aquí estaré», le dije. Pero no fue hasta hace dos días que me mandó un correo: «Es algo un poco inquietante, ¿por qué no lo dejas estar?», me escribió.

Por fin lo entendí todo. Pero ¿por qué? Podría habérmelo dicho desde el principio. No debería haberse forzado a hablarme.

La estaba esperando a ella, a esa preciosa chica con la que había estado en la librería. Como Matsugoro esperaba a Ukiyo. Por eso le apasionaba tanto esa novela y no paraba de releerla. Ahora estaba todo claro. Me lo repetí varias veces. No estaba triste porque en el fondo de mi corazón sabía que Wada no sentía ese tipo de interés hacia mí. Pero me sentí tonta por haberme hecho ilusiones.

¿Quizás había dicho algunas cosas que dejaban entrever algo más por su parte? ¿Señales de deseo o de un interés romántico? No. Wada me escuchaba amablemente y yo me aprovechaba. Al final era solo yo quien hablaba siempre de mí misma, algo que me hacía sentir muy bien. Cuando me di cuenta, me sentí algo culpable.

—Perdóname, te estoy aburriendo —dijo Wada al verme sumida en mis pensamientos.

Negué enérgicamente con la cabeza.

—No, no. Perdóname tú a mí.

—¿Y por qué te disculpas?

—Por nada en particular.

—¿Mmm...?

Me hubiera gustado decirle alguna excusa mucho más elaborada, pero me contuve para evitar que me confundiese con una psicópata. Tenía que cambiar de tema. Al menos eso era lo que me decía mi parte racional, porque en realidad quería hacerle más preguntas sobre su situación.

—Así que... estabas enamorado de esa chica, ¿eh? —dije para arrepentirme un segundo después.

Wada se rio un poco.

—Sabes, yo puedo llegar a ser muy infantil y las personas que me conocen de hace mucho se acaban hartando. Pero algo sí que he sacado en claro. Ella y yo siempre fuimos muy diferentes. No podía funcionar. Solo que yo me había empecinado. Es cierto que me gustaba, pero no era la mujer adecuada y debería haberlo aceptado, pero no fui capaz. Siempre me he considerado una persona lúcida, racional, pero he podido ver que una parte de mí se deja llevar por las emociones: nunca lo hubiera imaginado.

También podría haberse ahorrado todo ese autoanálisis. Realmente era un tipo extraño.

—Bueno... para mí tú eres una magnífica persona, Wada —le dije en un intento por reconfortarlo. Busqué palabras mejores, pero no las encontré. Por lo menos eran sinceras. Wada era una magnífica persona.

—Gracias. Tienes razón, soy una gran persona. No lo dudo. El problema es que me han llegado a decir: «Eres una magnífica persona, pero no eres interesante». —Se echó a reír.

Algo irritada por la falta de tacto de la chica, respondí:

—¿Y eso no te parece un poco excesivo?

Obviamente no había sido capaz de ver la mejor parte del carácter de Wada.

—Sí, claro, soy consciente de ello. Dentro de mí he pensado que es algo que se dice para tratar de hacer daño. Pero dejemos ya este tema, ¿a quién le importa?

Me echó agua en el vaso y me preguntó cómo estaba. Pero yo no me sentía con ganas de hablar.

Me esforcé en hablar de tonterías y luego me inventé una excusa para marcharme.

—No quisiera irme, pero mañana tengo que levantarme pronto.

—Sí, por supuesto. Lo entiendo... —Aunque parecía algo sorprendido.

—¿Ya te vas, Takako? —me preguntó el propietario cuando me vio ir hacia la salida.

—Sí —respondí y casi salí corriendo.

Debía de tener un aspecto horrible; seguro que el dueño lo entendió enseguida. Mejor no ir a la cafetería durante un tiempo.

Mientras caminaba, mi humor fue empeorando por momentos y solté al menos treinta suspiros.

Fue en el metro cuando me di cuenta de que había olvidado sobre la mesa el libro que estaba leyendo.

Capítulo quince

La tía Momoko y yo habíamos quedado en la estación de Shinjuku a las diez.

El cielo estaba lleno de nubes, pero en la previsión meteorológica de la televisión habían dicho que se aclararía para la tarde. Salí de casa decidida a no desanimarme por la noche anterior, pues hasta me había pedido días libres para ese viaje.

Momoko apareció frente a la atestada salida sur de la estación de Shinjuku con un equipaje tan ligero que nadie se imaginaría que se estaba yendo de vacaciones. Llevaba solo una maleta minúscula. Tenía el pelo recogido en una coleta de caballo y se había puesto un mono negro y una cazadora verde. Como no era muy alta, de lejos se la podía confundir con una niña pronta a partir de excursión.

—Mírate, ¡si no parece que vayas a la montaña! —exclamó, frunciendo el ceño apenas me vio.

Como era el primer viaje que hacía después de tanto tiempo, me puse un vestido que acababa de comprarme con el sueldo.

—Pero me he puesto las zapatillas de deporte. Y en el bolso llevo todo lo necesario para la montaña.

—No vas a necesitar tanta cosa.

No dije nada. Quizá sí que me había dejado llevar un poco.

Mi tía se dio cuenta y dijo:

—Bueno, vosotros los jóvenes os lleváis siempre un montón de ropa cuando vais a cualquier parte.

—Y cuando envejeces, ¿empiezas a llevar menos? —repliqué.

Momoko me cortó y me dijo que no debía tomármelo a mal, que simplemente para ella demasiado equipaje era una molestia. De hecho, no la podía culpar por eso.

Estiró la espalda y con una reverencia algo teatral, dijo:

—Así sea, que estos tres días busquemos la diversión.

—Por supuesto —respondí, inclinándome también.

Desde Shinjuku tomamos la línea Chuo hasta Tachikawa, donde hicimos transbordo con Ome. Ya llevaba viviendo en Tokio cinco años, pero nunca había hecho ese recorrido. El tren de la línea Ome estaba casi vacío. Frente a mí estaba sentado un colegial adormilado con aires de granuja y una expresión arisca que no paraba de mover la rodilla. Parecía que odiaba a todo el mundo.

Momoko se sentó, entonó una melodía y se puso a mirar por la ventanilla. Yo, por el contrario, como no había pegado ojo la noche anterior, me dormí como un tronco.

Cuando abrí los ojos, el colegial enfadado ya no estaba. Quizás había ido a la escuela a regañadientes. Más allá de la ventanilla, las nubes se habían disipado y el cielo era una superficie completamente azul. Las casas eran raras y entre los campos empezaban a verse, siempre imponentes, las montañas.

—¡Vaya! —Exclamé frotándome los ojos.

Pero Momoko sonrió complacida y dijo:

—Eso no es nada todavía. Ya verás.

Bajamos del tren en la pequeña estación de Mitake. Delante de mí, las montañas se chocaban contra el cielo azul y justo en el centro había una gigantesca. Estaba repleta de vegetación todavía verde, aún faltaba bastante para la temporada de los *momiji*. Allí arriba estaba nuestro alojamiento.

—Apenas nos hemos alejado del centro de Tokio y, sin embargo, parece otro mundo —murmuré, observando el paisaje que tenía delante.

Respiré profundamente y sentí cómo mis pulmones se llenaban de ese aire fresco y puro. No podía creer que tan cerca de la ciudad hubiese sitios tan llenos de naturaleza.

—Si lo piensas, hace tan solo unas décadas que la ciudad se llenó de cemento.

La frase de la tía Momoko me hizo pensar en la novela *Musashino*, de Kunikida Doppo. En sus tiempos, en la época Meiji, la zona de Musashino estaba dominada todavía por una naturaleza impenetrable. Era increíble lo rápido que pasaba el tiempo.

Fuimos hacia una pequeña parada de autobús en busca de un medio de transporte que recorriese la Estatal y trepase por la montaña hasta la estación del teleférico. Cuando llegamos ya había algunos turistas esperando. Eran dos grupos de mediana edad que subieron al tren junto con nosotras y que vaya a saber por qué viajaban juntos.

Saludamos con la cabeza y nos sentamos a su lado. La más anciana sonrió y preguntó:

—¿Unas vacaciones madre e hija?

—Sí —respondió Momoko, devolviéndole la sonrisa.

Me hubiera gustado corregirla, pero no me apetecía tener que dar explicaciones, así que me limité a asentir.

Subimos al autobús y nos abordaron tres niños de primaria que se pusieron a hablar con nosotras. Daban la impresión de estar acostumbrados a los turistas y no les dábamos miedo. Momoko parecía adorar a los niños y, de hecho, les complacía respondiendo a sus preguntas con una sonrisa.

—¿A qué curso vais? —les preguntó.

—¡A primero! —respondieron al unísono.

Los padres de los tres regenteaban hostales en la montaña, así que tenían que bajar todos los días para poder ir a la escuela.

Cuando les dije «¡debe ser muy cansador!», me respondieron con un «bah» muy adulto que daba a entender lo acostumbrados que estaban a eso. Seguramente se lo habrían escuchado decir a los turistas.

—¡Hemos llegado!

Bajamos del autobús y seguimos a los niños hacia la subida que llevaba a la estación del teleférico. Ellos iban corriendo y a mí, que era la última de la fila, me costaba un poco seguirles el ritmo.

Momoko se giró y me dijo:

—¡Vamos, Takako! El teleférico baja y sube enseguida, no puedes pararte ahora.

Los niños se partían de risa y empezaron a tomarme el pelo al unísono:

—¡Así no va bien, señorita! ¡Los de ciudad son todos iguales!

—Mira que yo vengo de una provincia perdida por Kyushu —intenté argumentar, pero ya no me escuchaba nadie porque estaban demasiado lejos. ¿Cómo se las apañaba Momoko para tener tanta energía? Aunque no nos llevábamos tantos años como una madre y una hija. Me arrepentí de no haber llevado un equipaje más ligero.

Cuando llegué a la cabina del teleférico, mi tía me ofreció una botella de té que me había comprado en el quiosco de recuerdos. La acepté muy agradecida y me la bebí de un trago.

La cabina subió por la montaña siguiendo el río hasta su nacimiento y, en poco tiempo, llegamos al final. Nos despedimos de los niños y seguimos nuestro camino. Ahora que estábamos casi a mil metros de altitud, me parecía imposible que una hora atrás hubiésemos estado en el valle.

A lo largo del sendero que llevaba a la cima, vimos muchos carteles e indicaciones de los diferentes hostales. El nuestro era el más lejano y Momoko me dijo como si nada que tardaríamos unos cuarenta minutos en llegar.

—¡¿Cómo?! —exclamé, desesperada.

—¡Ya verás qué vistas! —dijo mientras me pellizcaba la mejilla.

—¿En serio? —solté, casi gritando, y Momoko respondió tranquilamente:

—Y tanto.

La señora nos acompañó a nuestra habitación. Eran más de las dos y éramos las primeras huéspedes del día.

El interior del edificio era caótico y lleno hasta arriba de cosas, justo como el exterior. A un lado del pasillo habían apoyado una vieja bañera vacía, una montaña de revistas, un televisor antiguo y una guitarra acústica. Eché un vistazo rápido a la cocina y vi que era más de lo mismo. El inodoro, el lavabo y la bañera eran compartidos. Más que un hostal, parecía un albergue donde alojaban a los estudiantes que iban de excursión. Seguro que en verano se llenaba de universitarios. Tal vez las otras partes del sitio también fuesen así, pero esta parecía particularmente impregnada por un ambiente extremadamente relajado.

La nuestra era una habitación que hacía esquina y que, nos dijeron, tenía las vistas más espectaculares. Ocupaba aproximadamente diez tatamis, el tamaño perfecto para dos personas. La ventana se asomaba entre la densa vegetación, y las cimas de los árboles se agitaban por el viento. De vez en cuando, se escuchaba cantar a un pájaro, quizás a un tordo. A lo lejos, los montes estaban envueltos en niebla mientras sutiles bancos de nubes vagaban perezosos al fondo del cielo de color verde jade. A fuerza de observarlo, parecía que el tiempo quisiese pararse.

Me senté al lado de la ventana y contemplé encantada el paisaje. La tía Momoko también debía estar emocionada porque permaneció un buen rato en silencio, cosa que no pasaba a menudo. Intenté imaginarme cómo sería vivir en un sitio así. Seguro que hasta podría llegar a gustarme.

Tras un rato escuchamos que llamaban con fuerza a la puerta, y entró Haru. Arrastraba una estufa de aceite que dejó en una esquina.

—Por la noche aquí hace frío.

Respondió a nuestro «gracias» con un «de nada» diligente y se fue.

—¿Durante cuánto tiempo trabajaste aquí, tía?

—Tres años aproximadamente, creo —dijo tras reflexionar un poco.

—¿Y qué hiciste después?

—Un poco de esto y un poco de lo otro. Uno puede vivir donde quiera si se lo propone.

No tenía ninguna duda de que Momoko podría vivir tranquilamente donde quisiese.

—Bueno —dijo poniéndose de pie—. ¿Damos un paseo antes de cenar?

Decidimos dejar el verdadero ascenso para el día siguiente, así que nos limitamos a visitar el santuario de la cima, que estaba a un tiro de piedra de nuestro alojamiento y, según mi tía, no tardaríamos más de cinco minutos.

Llegamos a una esquina donde se amontonaban pequeños negocios de recuerdos y restaurantes minúsculos, giramos y nos encontramos frente a una gran puerta.

El santuario era mucho más bonito de lo que había imaginado. Estaba compuesto por diversos edificios y a lo largo de todo el pabellón central había muchísimas estatuas de piedra. En el cartel informativo leí que había sido construido en el periodo Nara, del 710 al 794, y que a partir del medievo atrajo masas enormes de peregrinos como centro de culto de las montañas de Kanto. Me sorprendió descubrir que en esas montañas hubiese un santuario tan antiguo. Y que desde hace tanto fuese destino de muchísimos peregrinos, pues en el pasado seguramente debían estar decenas de días caminando a través de esos senderos montañosos. Para ellos, visitar aquel lugar debía de tener una importancia mucho mayor que para los peregrinos modernos. Yo no era particularmente religiosa, pero esa historia me emocionó.

Subimos la escalera bastante empinada y flanqueada por gencianas que llevaba al pabellón principal. Era una escalera larguísima, parecía que no acababa nunca. A los otros turistas también les costaba trabajo subir. Cuando alcancé la cima, apenas podía respirar.

De un modo u otro, logramos reponernos y ambas ofrecimos alguna moneda para luego juntar las manos y rezar. Cuando acabé, me giré hacia Momoko y vi que todavía estaba rezando. Tenía una expresión increíblemente seria.

Cuando abrió los ojos, le pregunté:

—¿Por qué estabas rezando?

—Por nada.

—Pero si estabas toda concentrada.

—A los santuarios no solo se viene a rezar. A veces también se acude para dar las gracias. Por ejemplo: «Gracias por haberme protegido».

—¿De verdad? Yo siempre he rezado únicamente.

—¿Y por qué has rezado en esta ocasión?

—Por la salud, y luego por no tener problemas económicos.

La tía Momoko se echó a reír y comentó que era algo propio de mí. Luego echó un vistazo al interior del pabellón y dijo:

—Después de haber dejado la casa de Satoru, lo primero que hice fue venir aquí. Y en el camino de vuelta, me hospedé en aquel hostal. Sin saber cómo salir adelante, le pedí a la señora que me permitiese trabajar para ella a cambio de una habitación. Hacía poco que había perdido a su marido y Haru todavía no estaba, así que ella también necesitaba a alguien que le echase una mano. Pero he de admitir que fue muy buena al aceptar a alguien a quien no conocía de nada.

Me fascinaba su forma de contar la historia, casi como si estuviese hablando de otra persona.

Hicimos una última reverencia y, dejando atrás el pabellón que ahora brillaba con la cálida luz de la puesta de sol, bajamos en dirección a nuestro alojamiento.

Me lavé el sudor con un baño, le cedí la bañera a Momoko y, esperando a que terminara, me metí en el futón y acabé durmiéndome. Cuando me despertó, ya era hora de cenar.

Mientras estaba en el mundo onírico habían llegado otros dos grupos de huéspedes, a los que nos cruzamos en el gran recibidor de la entrada. Una familia y dos señores de mediana edad. Estos últimos ya parecían estar achispados porque cuando entramos nos saludaron gritando: «¡Hemos empezado sin vosotras!».

La cantidad de cosas para comer era exagerada. La señora no paraba de traernos platos. Estofado, *natto*, encurtidos, *kimchi*, miles de entrantes y platos hervidos, incluso tempura. Lo mejor fue el pescado asado al miso, que junto al arroz y a la sopa fueron suficientes para mí y, de hecho, les dejé el estofado y la tempura a los dos señores.

Gracias a la sencillez del ambiente, la sala se animó rápidamente con un agradable alboroto. Los dos señores eran apasionados de la montaña y solían visitar lugares así; no paraban de enumerarnos sus sitios favoritos. Eran, sobre todo, lugares donde crecían rosas rugosas o flores de loto, ambas fuera de temporada. Por el contrario, la familia estaba allí para hacer un último viaje todos juntos antes de la boda del nieto. La abuela tenía ya ochenta y siete u ochenta y ocho años (hubo una pequeña disputa en la familia sobre su edad) y fue el nieto quien empujó la silla de ruedas desde la parada del teleférico hasta ahí.

—Este es mi último viaje —susurró la anciana.

—¡Pero qué dice! Si todavía es joven. ¿Sabe cuántos lugares más podrá visitar? —le respondió Momoko. Parecía que bromeaba un poco.

Tras haber dado las buenas noches a los dos grupos, Momoko y la propietaria empezaron a hablar como si tuvieran mil cosas que decirse, así que decidí volver a la habitación por mi cuenta.

Todas las dudas que tenía antes de marcharnos me asaltaron al entrar al cuarto, cuando empecé a pensar en el comportamiento de mi tía. Parecía que se estaba divirtiendo y que volvía a ser la Momoko vivaz de siempre. Obviamente tan solo sentía nostalgia por el sitio donde había trabajado, y por eso deseó regresar.

Un extraño presentimiento me condujo hasta allí y, a juzgar por cómo terminó todo con Hideaki, los presentimientos y yo no nos llevamos muy bien.

Pero sí, en el fondo me estaba divirtiendo. Solo tenía eso en mente mientras esperaba que regresase.

—Mañana tenemos que levantarnos pronto, así que mejor nos dormimos ya —dijo mientras se metía en el futón. Aunque yo ya me había adormecido un par de veces y no conseguía volver a conciliar el sueño. La tía Momoko se durmió en tres minutos, casi instantáneamente su respiración se tornó pesada y constante (y roncó alguna que otra vez).

Qué mala pata haberme olvidado el libro en Subouru. En el momento en que lo recordé, me vino a la mente el rostro de Wada. Quién sabe qué estaría haciendo, tal vez ya dormía. Estaba pasando la noche en un lugar desconocido, lejos de casa, me sentía un poco incómoda y por algún motivo tenía ganas de verle. Si tan solo le hubiese pedido el número de teléfono. *Quizás no nos volvamos a ver. Realmente ya no tiene motivos para regresar a la cafetería.* Ese pensamiento me encogió aún más el corazón.

Cuanto más reflexionaba, menos lograba adormecerme, por lo que decidí salir de la habitación. Todo el hostal parecía haberse sumido en el sueño, excepto por una habitación al fondo del pasillo por la que el *fusuma* filtraba la luz.

Me acerqué de puntillas y eché una ojeada al interior: estaba Haru, sentada con las piernas entrecruzadas sobre la mesa y mirando la pantalla de un ordenador. Tenía la misma expresión seria que Momoko cuando rezaba en el santuario. Cuando me giré sigilosamente para irme, se percató de mi presencia y me preguntó:

—¿Qué ocurre?

—Bueno… No logro dormir…

—¿Por qué no das un paseo? Hoy ha sido un día muy bueno, seguro que el cielo estará lleno de estrellas. —Y me indicó la puerta con la barbilla.

—Voy a probar.

Fui rápidamente hacia la salida, pero me bloqueé enseguida: no había absolutamente nada de luz; demasiado peligroso para una chica sola.

Se lo dije a Haru, que me dio una linterna. Abrimos la puerta en silencio y salimos al jardín. Estábamos bastante altos, y aunque todavía era mediados de octubre, mi respiración era blanca como en invierno. Alcé la mirada y el cielo estrellado me pareció más cercano que nunca. Las constelaciones que eran imposibles de ver en la ciudad durante esa época allí brillaban vívidas sobre las crestas montañosas.

Fuimos hacia el santuario. A nuestro alrededor todo dormía; no había ni una sola luz. Tan solo se escuchaban las pisadas intermitentes de nuestros zapatos.

—Perdóname por haberte hecho venir conmigo.

—No pasa nada, solo estaba leyendo un foro —respondió Haru sacando un paquete de cigarros del bolsillo de los pantalones. Se puso uno en la boca, lo encendió y soltó el humo hacia la oscuridad.

—¿Cuánto tiempo llevas trabajando aquí?

—Desde que acabé el instituto. La dueña es pariente mía.

—Ah, no lo sabía.

—Aquí es todo un poco gestión familiar. Y los chicos de los institutos cercanos vienen a trabajar a media jornada durante las vacaciones. Casos como el de Momoko son muy raros.

—¿Te gusta tu trabajo?

—Bueno, no sé. No he tenido otro. Durante la temporada de viajes estudiantiles el hostal se llena y el ambiente se vuelve muy vivo, pero fuera de ese tiempo es un poco deprimente. ¿Y vosotras? ¿Cómo es que viajáis juntas? A simple vista no se diría que seáis muy íntimas precisamente —dijo Haru con el tono de quien no alberga demasiado interés.

—Ya, quién sabe. Antes de irnos creía que Momoko tendría alguna confidencia que hacerme. Pero quizás fueran solo imaginaciones mías.

—Mmm... Es cierto que cuando Momoko estaba aquí con nosotros era mucho más introvertida. Al verla de nuevo me ha parecido feliz. Casi no la reconozco.

—¿Ah, sí?

—Sí. Últimamente estaba mejor, pero incluso entonces hablábamos a duras penas desde que empecé a trabajar en el hostal.

Ni siquiera era capaz de imaginar a la Momoko que estaba describiendo.

—Bah, qué más da —concluyó Haru apagando la colilla del cigarro en un cenicero situado frente al santuario.

Una estrella fugaz cruzó veloz la bóveda celeste, seguida por un estornudo de Haru.

—¿Entramos? —propuse.

Haru levantó la mirada y asintió.

Capítulo dieciséis

A la mañana siguiente no tenía ningunas ganas de levantarme, así que me quedé en la cama durmiendo. La tía Momoko intentó varias veces quitarme la manta, pero yo la agarraba bien fuerte con las manos y me volvía a dormir.

Me desperté a las nueve al final, me lavé la cara y fui a buscarla. La propietaria, esforzándose por contener una carcajada, me dijo: «Estará en el jardín». Y, efectivamente, cuando salí la encontré ahí en medio, con un *yukata* y en una pose extraña.

Le pregunté qué estaba haciendo y me respondió que hacía taichí, que era una costumbre suya desde hace unos años.

—¿Sabes que es bueno para la salud? Y para el ánimo. Si te apetece, querida dormilona mía, puedes unirte a mí.

¿También hacía taichí cada mañana delante de la librería Morisaki? Un trabajador que pasase por ahí antes de que abriesen la librería se encontraría a una señora de mediana edad intentando hacer taichí y le costaría creérselo aunque lo estuviera viendo con sus propios ojos. Me imaginé la escena y me dieron ganas de reír.

Cuando acabamos de desayunar, Momoko y yo empezamos nuestra excursión a la montaña. Esta vez fui previsora y me había puesto la ropa adecuada. Los otros huéspedes se habrían marchado ya hacía horas. Pero no había ninguna prisa. Se lo dije a Momoko y me lanzó una mirada asesina.

Salimos del hostal con la propietaria, que nos deseó un buen paseo. Nuestro destino era un punto panorámico especialmente interesante al que se llegaba siguiendo un sendero que atravesaba dos montañas.

A nuestro alrededor había muchísimos cipreses, cada uno cinco veces más alto que yo. Aquí y allá aparecían flores selváticas que la tía me señalaba diciéndome sus nombres. Gracias al tiempo que había pasado entre esas montañas, realmente aprendió muchas cosas. En cuanto a mí, la última vez que estuve en la montaña fue cuando aún iba a primaria. Estaba bien ir acompañada por una guía, sin miedo a perderse. Estaba de tan buen humor que entoné la cancioncita que aprendí en el campo: *El oso de la montaña*.

Pero solo logré cantar la primera estrofa porque el sendero, inicialmente plano, se fue haciendo poco a poco más empinado e intransitable. No sabía muy bien dónde poner los pies y temía tropezarme en cualquier momento. Nunca subestiméis a la montaña.

Sin ninguna preparación física, me bastó entonar una estrofa para quedarme sin aliento. Momoko, sin embargo, no mostraba ningún signo de debilidad y seguía con pasos firmes. Cuando se daba cuenta de que me había quedado muy atrás, bajaba el ritmo para que pudiese alcanzarla.

—Señora guía, ¿no podría caminar un poco más lento? —le supliqué tras haber superado un enorme montículo conocido como «El peñasco del *tengu*».

Pero ella me respondió muy cortante:

—¿De quién es la culpa de que sea tarde? Si no nos damos prisa, nos tocará volver a oscuras. Y por la noche aquí no se ve nada.

No pude rebatir eso.

—Dentro de poco haremos una pausa. Hasta entonces, ¡ánimo! —me envalentonó, y siguió con paso firme.

Poco después de mediodía, paramos al lado de un manantial. Nos dividimos los cuatro *onigiri* que la propietaria nos había dado como provisiones para el pícnic. En el bosque, con la luz que se colaba entre las ramas de los árboles y el sonido del agua, el cansancio empezó a desaparecer. Me senté en una piedra e inspiré una y otra vez el aire puro en un intento por recuperar el aliento. Momoko parecía estar perfectamente y se lanzó inmediatamente a por los *onigiri*.

—Sí que estás en forma, tía.

—Eres tú quien tiene muy poca energía para tu edad, Takako-*chan*.

—Creo que vivirás tantos años como la señora con la que hablamos ayer —bromeé.

Momoko se echó a reír.

—La verdad es que no lo creo. Estoy enferma. Tengo bastantes problemas.

No podía creer lo que había dicho, pero Momoko solo dijo que se había acabado el descanso. Exclamó que faltaba poco y siguió el camino.

¿Enferma? ¿La tía Momoko estaba enferma? No lo parecía para nada...

Como no me había movido todavía, se giró para llamarme.

—¡Si vuelves a pararte, te dejaré atrás!

Puse pies en polvorosa y alcancé su pequeña figura.

Seguimos caminando casi sin decir una palabra. Bajamos por un sendero lleno de guijarros, luego rodeamos la ladera de la montaña y volvimos a subir hacia un segundo sendero. Un continuo sube y baja que a mis piernas les costaba aguantar.

Por fin se abrió el cielo ante nosotras, señal de que habíamos llegado a la cumbre. Nos encontrábamos en un mirador que recordaba a la cima aplanada de un flan. Una extensión marrón y roja de pinos y un pico empinado. En un banco justo enfrente reposaba uno de los señores de la noche anterior, pero aparte de él no había nadie más. Nos sentamos en un banco delante del suyo. Una suave brisa refrescaba nuestras mejillas y nuestros cuerpos.

El paisaje que podía verse desde la cumbre de la montaña era verdaderamente hermoso. Los picos rivalizaban entre sí rodeados por ese brillante verde de la vegetación. El cielo estaba cerquísima, el aire era puro y, tras observar un poco, daba la sensación de que te absorbía.

Logré ver Tokio a lo lejos, esforzándome, como una superficie de granos minúsculos. Desde la cima de la montaña era extraño pensar que al día siguiente yo también estaría ahí. ¿Y si viviese siempre aquí? No sé... Quizá Momoko también lo había pensado en su día.

—¿Tía Momoko?

—¿Sí?

—¿Por qué te fuiste de casa y dejaste al tío Satoru?

Me entraron ganas de saberlo, independientemente del favor que me había pedido mi tío. Tal vez, llegados a este punto, me daría una respuesta. Sentía que sí.

—Bueno... —Asintió ligeramente mientras miraba fijamente hacia delante.

En esa misma posición, esperé a que retomase el discurso. Una golondrina cruzó en silencio el cielo sobre nosotras.

—Ya te he contado que antes de conocer a tu tío estaba enamorada, ¿verdad?

—Sí.

—Cuando estuvimos juntos, me quedé embarazada. Siempre había deseado una familia, así que estaba en el séptimo cielo, pero él no era feliz. Seguramente porque ya tenía mujer e hijos en Japón, quién sabe. Aunque por aquel entonces yo no lo sabía. Un soplo de viento levantó el polvo del terreno. Luego volvió la calma.

—Si por entonces hubiese sido más fuerte, quizá habría podido proteger a aquel niño. Pero las cosas no salieron bien. No me sentía capaz de perseguir mi felicidad a costa de hacer sufrir a otra persona, ni tenía el coraje de asumir el precio de mis decisiones... Después me arrepentí profundamente, pero ya era tarde... —Suspiró y esbozó una sonrisa—. Luego conocí a Satoru y me casé con él. Él, como yo, quería tener hijos, pero no llegaban. Hasta que, finalmente y tras diez años, me quedé embarazada de nuevo. Satoru estaba tremendamente feliz y yo no podía parar de llorar de alegría. Pero el niño murió antes de que pudiese dar a luz... Fue mi castigo. El castigo por haberle quitado la vida al niño que había estado antes que él. No tenía ningún derecho a criar a ningún niño... Satoru intentó todo para consolarme, aunque él estuviese sufriendo también. Es un hombre bondadoso, a veces demasiado. ¿Has podido comprobarlo tú también?

Asentí con decisión.

—Más adelante hice de tripas corazón y me esforcé por ayudarle a levantar de nuevo la librería. Seguramente por respeto a mis sentimientos, Satoru no volvió a hablar de niños. Y empezó a dedicarse en cuerpo y alma a la librería. Yo también amaba esa librería, aunque en eso no le podía ganar. Pero no era suficiente. Pasaron los años y la tristeza no se disipaba. Seguía sintiendo un abismo en mi interior. Y esa sensación de vacío, en lugar de desvanecerse, parecía que aumentaba a diario... Por algún motivo, el mero hecho de estar junto a Satoru me hacía sentir como si lo estuviese traicionando. Hasta que un día, sin saber muy bien cómo, me encontré aquí arriba.

Cuando acabó de hablar, soltó un gran suspiro, como si hubiese estado conteniendo el aliento hasta ese momento.

—He sido egoísta, entendería que me despreciases. Pero, no sé por qué, no era capaz de hablarlo con él; tenía miedo. Imagino que te habré dejado una mala sensación.

No sabía qué decir. En ese momento de mi vida no podía ni imaginar cuánto dolor debía de haber sufrido. No obstante, llegaba a entender que sus sentimientos eran sinceros y nada que dijese haría justicia a su honestidad. No dije nada mientras sacudía lentamente la cabeza. Tras un rato, Momoko se levantó y dijo:

—Perdóname por esta charla tan aburrida. Vamos, démonos prisa en volver.

Me giré y vi que el sol había empezado a ocultarse tras las montañas.

Durante el regreso, la tía Momoko retomó el camino a paso veloz. Yo estaba confundida, inmersa en mil pensamientos y distraída, por lo que acabé tropezando y cayendo de culo al suelo.

Cuando llegué al refugio, agotada, ya había anochecido y empezó a caer una fina lluvia. Faltaba una hora para la cena, así que fui directa a darme un baño. Me quedé sumergida un buen rato, con los ojos fijos en el techo. Había sido un día muy, muy largo. Miré por la ventana y vi que había caído la noche totalmente negra. El vapor color leche se confundía en el aire como absorbido por la oscuridad.

Noté cómo se abría la puerta, me giré y, en medio del vapor, vi a Momoko completamente desnuda. Sin ropa parecía todavía más pequeña.

—¿Puedo unirme?

—Mmm... sí, claro.

Entró sin esperar mi respuesta.

—Eres muy joven, Takako. Todavía tienes la piel elástica —dijo, echándome un vistazo. Me dieron ganas de darle la espalda instintivamente.

—En realidad yo ya tengo una edad.

—De eso nada. Aún tienes mucho tiempo. Mira qué línea tan elegante desde el cuello hasta el pecho. Con el paso de los años se forman un montón de arrugas. Tú estás toda lisa, qué envidia —respondió.

Ya harta, le dije:

—Empiezan a parecer insinuaciones.

Momoko se rio abiertamente:

Qué exagerada eres, Takako.

Su voz resonó por todo el baño.

Viéndola desnuda me di cuenta de que tenía una fea cicatriz vertical en el abdomen, señal de una operación quirúrgica, de unos diez centímetros. No parecía querer esconderla, pero a pesar de eso me sentí cómoda y aparté la mirada.

Recordé lo que me había contado por la mañana. Tenía un nudo en la garganta, no podía hablar.

Momoko se lavó y entró en la bañera junto a mí. Cerró los ojos y con una expresión de felicidad, dijo: «Oh, qué maravilla».

Mirándola de reojo me dieron ganas de abrazarla.

Señalé la ventana y le dije:

—¡Mira! —Y, mientras estaba distraída, me lancé a su cuello.

Momoko presintió el peligro y se apartó gritando:

—Pero ¿qué haces?

—Nada —respondí mientras me esforzaba por mantener un gesto serio y la arrinconaba en una esquina como un perro pastor con una oveja.

—¿Qué te ha dado, Takako? Tienes la mirada ida —dijo con un tono entre el miedo y la diversión.

Me agarré a ella, cerré los ojos y apreté fuerte. Sus hombros eran pequeños, pero cálidos.

—Pero ¿se puede saber qué estás haciendo? —Momoko opuso resistencia, pero no solté a la presa.

Cuando entendió mis intenciones, me dejó hacer.

—Qué lío, Takako-*chan*. No sabía que tenías estos gustos —bromeó.

—Deberías prestar más atención —me reí.

Luego nos quedamos un buen rato ahí, abrazadas, en una esquinita de la bañera.

Capítulo diecisiete

L a segunda noche fue todavía más tranquila que la primera. Los dos grupos del día anterior se habían marchado y en su lugar había una pareja que estuvo hablando toda la cena en voz baja. Daban ganas de decirles que si preferían haber estado a solas, deberían haber escogido un balneario o algo por el estilo.

Se ve que la propietaria tuvo nuestra misma sensación y, cuando vino a traernos la cena, encendió la televisión que había en el centro de la sala. El audio no funcionaba bien y las risas de los que estaban participando en el programa nos llegaban con interferencias, haciendo más intenso el silencio que nos rodeaba. Ese mal funcionamiento me puso nerviosa, así que me levanté y apagué el aparato.

Volvimos a la habitación y nos metimos en nuestros respectivos futones. La habitación se sumió en el silencio más absoluto. Había parado de llover porque no se escuchaba ni el sonido de las gotas al caer.

La tía Momoko propuso que nos lo tomásemos con calma al día siguiente y estuve de acuerdo.

En la oscuridad, tenía la mirada fija en el techo. Había una oscuridad plena porque Momoko solo era capaz de dormir así, no toleraba ni la más mínima luz. A pesar de eso, y a fuerza de tenerlos abiertos, los ojos se acaban acostumbrando a la oscuridad y empiezan a distinguir la silueta de las cosas.

—Tía Momoko, ¿estás despierta? —susurré.

—¿Sí? —respondió enseguida. Estaba claro que ella tampoco era capaz de conciliar el sueño.

—¿Te apetece hablar un poco? —murmuré.

—Sí, justo lo estaba pensando yo.

—Es sobre lo que me has dicho hoy.

—¿Qué te he dicho?

—Sobre la enfermedad...

—Ah, sí... —respondió tras una breve pausa.

—¿Es algo grave? —pregunté de golpe. Me escuché muy nerviosa.

—Sí, desgraciadamente es grave. Pero en el fondo tampoco es para tanto —musitó.

—¿A qué te refieres?

—Bueno... —Se aclaró la voz—. Cuando se viaja, se escuchan cosas sobre accidentes letales, enfermedades fulminantes que ni siquiera dejan despedirse de los seres queridos. En comparación con situaciones similares, el mío quizá sea hasta un caso afortunado porque todavía tengo muchas posibilidades.

—Quieres decir que...

—No hay mucho de qué preocuparse. No es nada inmediato. Hace un tiempo estuve ingresada en el hospital, me extrajeron los ovarios y me sometieron a otros tratamientos. Ahora voy a revisiones periódicas y estoy a la espera de ver qué sucederá. Por lo que no podemos cantar victoria.

—¿Y por eso has vuelto con el tío?

—No he vuelto porque esté enferma, todo lo contrario. Pero, mientras estuve en el hospital en una situación de completa postración, tuve un sueño.

—¿Un sueño?

Me giré hacia Momoko en la oscuridad aunque no pudiese ver su expresión.

—Exacto. Soñé que estaba en una barca a punto de abandonar el puerto. O tal vez yo misma era la barca, no lo recuerdo bien. Pero era un hecho que debía remar hacia el horizonte. Sabía que nunca volvería atrás. Me giré hacia el puerto y vi a un hombre que me despedía agitando su mano. Enseguida entendí que era Satoru. Tenía el claro presentimiento de que, si me iba, no volvería a verlo nunca, así que me despedí yo también. Pero la barca era muy rápida y Satoru era cada vez más pequeño. Hasta que dejé de verlo y estuve sola en mitad del mar. Eso fue lo que soñé.

Momoko se giró en el futón hacia mí.

—Me da un poco de vergüenza contarlo, pero cuando me desperté en la habitación del hostal, me di cuenta de que estaba llorando. Y seguí llorando a cántaros incluso después de entender que había sido un sueño. Al final sollozaba. Sin embargo, no soy la clase de persona que se echa a llorar, ni siquiera recordaba cuándo había sido la última vez, pero en ese momento estaba tan triste que no podía hacer otra cosa. Y sentí una necesidad imperiosa de ver a Satoru. ¿Parezco una loca?

—Para nada. —Esta vez sí que pude ponerme en su lugar y negué con la cabeza.

—Sí, estoy loca —sentenció ella sin escucharme—. En cualquier caso, he decidido dejar de lado mi vergüenza y volver con él.

—Entiendo... ¿y no tienes intención de contarle nada sobre tu enfermedad?

—No —respondió, cortante.

—¿Por qué?

—Llegados a este punto, no quiero ser una carga para él.

—Pero el tío Satoru no es para nada débil, ¿sabes?

—Lo sé, estoy segura de que cuidaría de mí. Pero no es a eso a lo que quiero llegar. Es una cuestión de sentimientos. No puedo aprovecharme de esta situación.

—Al menos deberías hablarlo con él. Merece saberlo, ¿no?

Momoko no me dejó acabar la frase.

—Ya tomé mi decisión cuando volví con él.

—A ver, pero conmigo lo has hablado, ¿o me equivoco? —repliqué.

—Bueno, puede que necesitara hablar con alguien —murmuró—. Con alguien a quien confiarle el motivo de mi desaparición y mi enfermedad. Y sabía que si te hubiera pedido que no se lo contases a nadie, mucho menos a Satoru, no me habrías hecho caso.

—Pero eso no es justo... —gimoteé.

—Lo sé, no es justo. Perdóname, Takako-*chan*. Antes, cuando me has abrazado en la bañera, me has hecho muy feliz. Realmente feliz, créeme. Eres una buena chica. Es normal que Satoru te haya tomado tanto cariño.

Me metí hasta la cabeza en el futón y me eché a llorar mientras repetía que no era justo. Cuantas más veces se disculpaba Momoko, más decía yo que no era justo. Y así fue hasta que me quedé dormida de puro agotamiento.

A la mañana siguiente nos despedimos de la propietaria y de Haru bajo un cielo repleto de nubes, y dejamos el refugio. Al igual que a nuestra llegada, Momoko hizo una reverencia para despedirse de la señora, que se echó a reír y le pidió que parase, pero Momoko siguió. Haru tan solo dijo «¡hasta la próxima!».

Esa mañana, Momoko volvía a ser la misma persona alegre de siempre y durante el descenso no paraba de decir cosas como «¡mira, las azucenas están floreciendo!» o «¡ahí abajo las hojas ya son todas rojas!». Yo le respondía intentando mantener un tono tranquilo. No sabía qué otra cosa hacer.

Nos separamos por la tarde en la estación de Shinjuku. La tía Momoko hizo una gran reverencia frente a los atestados tornos y dijo con una sonrisa resplandeciente:

—Gracias, Takako. Me he divertido mucho.

Me armé de valor y le pregunté:

—¿Qué pretendes hacer ahora?

—Volver a la librería —dijo como si nada.

No me refería a eso. Digo de ahora en adelante.

Momoko se cruzó de brazos y, después de haberlo pensado un poco, respondió:

—Bueno, algo haré.

Luego se dio media vuelta y desapareció entre toda la gente.

Me quedé ahí parada incluso cuando mis ojos ya no alcanzaban a ver su pequeña figura, derrotada por el pensamiento de qué ocurriría a continuación.

Capítulo dieciocho

Dos días después, un poco antes del mediodía, me llamó mi tío Satoru. Vi su nombre en el teléfono e imaginé enseguida lo que querría.

—Perdona si te molesto mientras trabajas —dijo, desanimado, en cuanto respondí—. He encontrado una carta cuando he vuelto a la librería...

Ahí estaba, había llegado el momento. Suspiré profundamente. No debía haberse ido así. Y aunque en el fondo de mi corazón imaginaba que lo haría, ¿qué podría haber hecho yo?

Pero ella estaba siendo muy injusta. Realmente injusta. Apretaba el teléfono con mi mano y sentía cómo crecía la rabia.

—¿Takako? —me llamó mi tío, preocupado por mi silencio.

—Voy enseguida.

—¿Y el trabajo? —Le colgué antes de que terminase de preguntarme.

No es justo, no es justo, no es justo, no paraba de repetirme en el tren directo a Jinbōchō. *Los adultos no se comportan así.*

No era que no entendiese lo que sentía Momoko. Pero... desaparece cinco años, se presenta de nuevo de improviso y le dice que está enferma: obviamente es consciente de que puede trastornarle. Sobre todo considerando el amor que aún sentía Momoko por mi tío Satoru. Pero ¿qué hubiese sido de él? Había sufrido tanto ya la última vez.

Yo estaba de parte de mi tío, como él lo había estado siempre de la mía. Por eso nunca podría perdonar a Momoko por haber desaparecido así otra vez. La rabia amenazaba con desbordarme, no podía contenerme mucho más. Temblaba, no recordaba cuándo había sido la última vez que había sentido tanta rabia.

Cuando llegué a la librería y mi tío me enseñó la nota que ponía «Gracias por todo, cuídate», la rompí en mil pedazos y la tiré al suelo. Él se me quedó mirando con la boca abierta.

—No es justo, es una cobarde. Viene, te enseña lo mejor de sí misma y se larga. Esta sí que ha sido una buena huida.

—Oye, Takako... —dijo mi tío, mirándome preocupado.

Le interrumpí, enderecé la espalda y, sin dirigirme a nadie en particular, afirmé:

—Estoy a punto de romper mi palabra. Es más, yo no di mi palabra, fue ella la que me pidió que no dijese nada.

—¿Cómo? —respondió con la boca abierta.

Le conté a grandes rasgos de lo que me había enterado en la montaña, incluso dándome cuenta de que para él podía ser demasiado impactante. Pero tenía derecho a saberlo y él era el único que podía detenerla.

Sin embargo, no pareció sorprenderse y se limitó a asentir levemente con la cabeza cuando terminé de hablar.

—¿Ya lo sabías?

—No, no lo sabía.

—Pero...

Soltó un gran suspiro y se dejó caer sobre la silla.

—Sabía que si había vuelto era porque algo grave pasaba. Ya te lo dije, cuando toma una decisión, nadie puede hacer que cambie de idea. Y, por el contrario, reapareció. Por eso temía hacerle preguntas. Y te pedí que se las hicieras en mi lugar. Qué tonto he sido. No he querido hablar y este es el resultado.

Mi tío parecía resignado. Me acerqué para mirarle fijamente a los ojos.

—Quizá todavía estés a tiempo —le exhorté—. Si dejas que se vaya ahora, puede que no la vuelvas a ver. Independientemente de cómo acabe esto, no puedes rendirte ahora. ¿Me entiendes? Solo tú puedes pararla.

—Mmm —rebatió, cansado.

—¿A qué esperas? —le incité—. ¿No fuiste tú quien me dijo que no huyese? No podéis seguir huyendo el uno del otro. Yo me encargo de la librería, ¡ve a por ella!

—Pero ¿dónde debería buscarla? —me preguntó con una expresión de derrota.

—¿No se te ocurre ningún sitio? ¿El primer lugar donde iría Momoko?

Me miró, confundido.

—No, nada.

—¿Cómo es posible? ¡Tiene que haber alguno! ¿Es o no es tu mujer?

—Sí, pero no por eso...

—Intenta pensar en un sitio que sea importante para ella.

Siguió mirándome sin decir nada, hasta que se le ocurrió de golpe.

—Podría haber uno... Es más, seguramente debe estar allí.

—¿Ves? ¡Lo sabía! ¡Vamos! ¿Qué haces aquí todavía?

—Sí, ojalá aún esté a tiempo —dijo, poniéndose de pie—. Pero tengo que pedirte que te encargues del negocio, Takako.

—Sí, claro, ya te lo he dicho.

—Sabes que no te pagaré, ¿no?

—Que sí, ¡pero vete ya! —exploté. No era el momento de hablar de tonterías.

Mi tío salió corriendo de la librería y yo esperé con todas mis esperanzas que consiguiese traer a Momoko de vuelta.

Me quedé de pie junto a la puerta viendo cómo corría como loco por toda Sakura-dori. Aunque, desafortunadamente, su dolor de espalda le obligaba a pararse de vez en cuando para masajearse las caderas, pero paciencia.

Cuando dejé de verlo, me quedé un rato admirando un trozo de cielo entre los edificios. Era un cielo otoñal azul pálido, con sutiles bancos de nubes cruzándolo lentamente.

—Oye, ¿qué pasa? ¿Está abierto? —preguntó un señor de mediana edad que estaba quieto frente a la librería.

Me miró poco convencido y, pasando por mi lado, entró. Lo seguí al interior.

—Bienvenido, dígame.

Yo ya había cumplido. Ahora le tocaba a mi tío.

Me puse detrás del mostrador, como solía hacer antes, y esperé el regreso de mi tío y de Momoko.

Capítulo diecinueve

Vi a Wada de nuevo tras un tiempo, cuando los árboles de las calles ya no tenían hojas.

Esa tarde fui al Subouru después de un mes sin haber aparecido. Al principio seguía de largo cuando pasaba por delante, pero con el frío me apeteció tomar su café.

Abrí la puerta. Wada estaba sentado en una mesa. Lo vi enseguida y él también a mí.

Oh, no, me dije, y pensé en solventarlo con un saludo rápido, pero él se levantó educadamente y esperó a que me uniese.

—Buenas —murmuré avergonzada mientras me sentaba delante de él.

—Buenas —me respondió con su habitual tono cordial—. Hacía mucho que no nos veíamos.

La camarera nos trajo agua y nos preguntó si queríamos pedir algo. Yo tenía intención de saludar y luego cambiarme a otra mesa, así que le pedí que volviera en un rato. Asintió y se marchó.

—¿Todo bien? —preguntó Wada.

—Ah, sí. ¿Y tú?

—Me las apaño —dijo y dio un sorbo a su café.

Quizá todavía esperara a su chica pese a que había dicho que renunciaría a ella.

Mientras pensaba esto, Wada dijo de improviso:

—Te estaba esperando. —Luego sacó un libro de bolsillo de su bolsa y lo puso sobre la mesa.

Era la copia de *Amistad* de Mushanokoji que había dejado sobre la mesa la noche antes de marcharme. Con todo lo que había pasado, se me había olvidado completamente. Nunca hubiera imaginado que la tendría él.

—¿Y has venido adrede aquí para esperarme? —le pregunté recuperando el libro.

—Esa noche, cuando te fuiste y me di cuenta de que te habías dejado el libro, le pregunté al propietario si podía devolvértelo, pero me dijo que nunca antes te había visto.

¿Cómo? Era imposible que el dueño no me conociese. He estado miles de veces en el Subouru.

—Así que me lo quedé yo —continuó Wada—. Al no conocer tu dirección, solo me quedaba venir aquí de vez en cuando a ver si coincidíamos, pero nunca te veía. Así que al final, como me aburría esperando, me lo he acabado leyendo. Espero que no te moleste.

No podía creer lo que estaba oyendo. Cuando entendí lo que pasaba, me giré hacia la barra para mirar al propietario, que sacaba brillo a los vasos como si nada. Después de un rato observándole, nuestras miradas se cruzaron. Qué idiota... ¿qué esperaba que pasase? Obviamente no sabía que Wada aguardaba a otra mujer.

Hice un gesto con la cabeza para tranquilizar a Wada diciendo que no me molestaba y añadí:

—Lamento haberte causado tantas molestias.

—No, por favor. Todo lo contrario. Debería agradecértelo porque, después de tanto tiempo, he sido capaz de leer otro libro que no fuese *Sobre la colina* —sonrió, divertido.

No esperaba que se desarrollasen así los acontecimientos. No sabía qué decir. Agaché la mirada debido a un escalofrío.

—¿Qué ocurre? —me preguntó, preocupado. Pero luego se percató de que me estaba riendo y se unió a mí.

Estaba feliz, simplemente feliz por haberlo visto. Sí, así era: estaba completamente feliz por haber vuelto a ver a Wada. Y esto era así independientemente de lo que él sintiese por mí, daba igual.

—Me alegra que nos hayamos encontrado —dije alzando la mirada.

Debía agradecérselo al propietario. Le estaba realmente agradecida. Si no hubiese sido por su plan, seguramente no habría vuelto a ver a Wada. Ni pidiéndole cien tazas de café habría podido devolverle lo que había hecho.

—A mí también me alegra volver a verte. Me hubiese sentido culpable de no haber podido devolverte el libro... Es broma, en realidad tenía ganas de hablar contigo.

Mientras lo decía, esbozó una gran sonrisa. Tenía tanta vergüenza que no era capaz de mirarle a los ojos. Miré por la ventana y vi cómo se reflejaban nuestras figuras sentadas una frente a la otra. Fuera soplaba un viento frío que helaba. Tan solo sentía gratitud por la coincidencia de habernos vuelto a encontrar.

Wada estiró la espalda y dijo:

—Para agradecerte que me hubieses prestado el libro, esta noche me gustaría invitarte a algo. ¿Puedo?

—Me vale con un café —respondí levantando un dedo.

—Eres alguien que se conforma con poco, entonces —respondió él entre carcajadas, luego le hizo un gesto a la camarera que pasaba por ahí.

Capítulo veinte

La librería Morisaki está en una esquina de una calle llena de librerías de segunda mano. Es pequeña, vieja, y no parece que le vaya muy bien. Se ven pocos clientes. Tiene una variedad más bien limitada de libros y, a menos que seas un apasionado experto, es difícil que la conozcas.

Y aun así, hay quien adora este sitio.

Mi tío Satoru siempre dice que el amor de esas personas es suficiente para él, y eso me gusta. Tanto como me gusta él, el propietario de la librería Morisaki.

Aquel día tenía libre y, después de un tiempo sin ir, volví a Jinbōchō. Mi tío me había llamado hacía una semana. En su voz había una energía que me hizo entender lo que había pasado antes de que me lo contase.

—Ella también tiene muchas ganas de verte, ¿sabes?

La convalecencia iba bien y eso me tranquilizaba. El mero pensamiento de verla después de tanto tiempo me hacía flotar.

El día que mi tío corrió tras ella, la tía Momoko no volvió a la librería con él, aunque sí llegaron a encontrarse. Mi tío fue al templo donde habían encomendado a ese hijo que nunca nació. Ella estaba al lado de un manantial en la parte de atrás del templo.

La verdad es que nunca le pregunté de qué habían hablado. Eso era algo entre ellos. Pero sabía que ninguno sería capaz de mentir en el lugar donde reposaba su hijo. Allí lo que importaba era que afrontasen los sentimientos que tenían el uno por la otra. Tal vez mi tía deseaba en el fondo de su corazón que mi tío fuese a buscarla allí. Quizá lo había deseado también cinco años antes.

—Cuando me ha visto, se ha derrumbado y se ha echado a llorar y a sollozar como una niña. En ese momento me ha provocado una inmensa ternura. Las lágrimas no paraban. Y por fin entendí lo que no había sido capaz de entender antes. La abracé muy fuerte y no paré de repetir: «No te vayas, te necesito a mi lado». Era así de simple, y hasta ese momento no me había dado cuenta.

Esa noche, mi tío volvió solo a casa. No estaba triste por la ausencia de Momoko; es más, parecía aliviado. «Me ha hecho una promesa. Me ha prometido que hablaremos y que un día volverá».

Un año después la tía Momoko había cumplido su promesa: había vuelto. Había tenido tiempo para aclarar sus sentimientos, como le había dicho a mi tío antes de saludarlo. Era una mujer muy perfeccionista y esa actitud le iba como anillo al dedo.

Me metí por un callejón paralelo a Sakura-dori desde la calle principal. Pasé varias librerías y por fin llegué a la de mi tío.

Abrí la puerta y me encontré al señor Sabu sentado en el mostrador.

—¡Hola, Takako! —dijo, saludándome con la mano.

—Vaya, señor Sabu, está aquí. ¿Y mi tío? ¿No está?

—Qué fría eres, Takako-chan. Ha salido para entregar unos libros —respondió, riéndose.

—¡Cuánto tiempo! —dijo una voz alegre a mi espalda.

Miré bien y vi a una mujer muy pequeña con el pelo corto y sentada en el mostrador.

—¡Qué pelo!

Se tocó el pelo cortado por encima de las orejas y, riendo, replicó:

—Sí, me lo he cortado. Quería ponérmelo como un monje budista, como una especie de penitencia... pero Satoru no me ha dejado.

Y por fin vi su sonrisa: realmente era la tía Momoko.

—Te queda bien —dije, poniéndome a su lado.

—¿Lo dices en serio? —rebatió con una mueca graciosa.

A mediodía, como siempre, la librería estaba vacía. Me alegró ver que, excepto por la presencia de la tía Momoko, allí no había cambiado nada.

—Por cierto, Takako. Me han dicho que ahora tienes novio —afirmó sin que viniera a cuento.

—¿Eh? ¿Quién te lo ha dicho? —protesté.

—Me lo acaba de decir el señor Sabu —respondió ella, señalándolo.

—Eh... a mí me lo ha dicho el dueño del Subouru...

Al señor Sabu debía de hacerle gracia algo de eso porque se echó a reír.

—¿Le has preparado ya alguno de los manjares que te he enseñado? —preguntó Momoko, socarrona.

—A ver... yo... —Empecé a dar rodeos, pero ella no paraba de insistir, así que al final grité—: ¡Uf, basta ya!

Justo en ese momento escuchamos que se abría la puerta: mi tío había vuelto.

—¡Hola, Takako-*chan*! Has llegado pronto.

—Satoru, ¿tú sabías que Takako tenía novio?

—¿Cómo? Yo no sabía nada. ¿Es cierto? ¿Y por qué no me lo has contado? —preguntó, acercando su cara a la mía.

—Por favor, dejemos de hablar de esto.

—¡Que sí! —exclamó Momoko agitando las manos—. Si Takako se casa con él, podrá heredar la librería. Si es que no tenemos otros herederos.

—Pero ¿qué dices? ¿Por qué debería dejársela a ese? —gritó mi tío, escandalizándose.

—¿Ni siquiera lo conoces y ya lo llamas «ese»? —le reprochó Momoko.

El señor Sabu se rio y anunció que se marchaba. Le dijo a Momoko que ya volvería en otro momento y se fue todo contento de la librería. A mi tío y a mí no nos dijo nada.

—Parece que ahora sois muy amigos —comenté.

—Qué va, solo estábamos charlando.

—Bravo por el señor Sabu, que ha sido capaz de recuperar el tiempo perdido con tan solo un año de retraso —ironizó mi tío, haciéndonos reír a Momoko y a mí.

Después de eso, Momoko se puso en pie y, dirigiéndose a mí, anunció totalmente seria:

—Yo, Morisaki Momoko, he vuelto a casa.

Hizo una reverencia decidida, casi militar, que respondí poniéndome totalmente recta sobre la silla.

—Bienvenida. Te esperábamos. Si desapareces otra vez, me enfadaré de verdad.

—Tú no eres la más adecuada para decirme eso, pero lo acepto en esta ocasión; es más: te lo agradezco. Gracias, Takako-*chan*. Vamos a llevarnos bien, ¿a que sí?

Mientras lo decía, me pellizcó la mejilla, sonriendo.

A estas alturas ya me había acostumbrado y me limitaba a pedirle que parase con el mismo tono de resignación de mi tío, aunque sabía que no serviría para nada.

—Para darte las gracias, esta noche me gustaría prepararte la cena, Takako. ¿Qué te parece? —preguntó, llevándose la mano al pecho—. ¿Me acompañas a hacer la compra?

—Por supuesto. He venido adrede para que me preparases la cena —respondí sonriendo.

—Bueno, Takako, con respecto a lo que hablábamos antes, para mí... —dijo mi tío intentando meterse en la conversación, pero Momoko y yo lo ignoramos y salimos de la librería.

El cielo estaba despejado, tan solo había una nube que fluctuaba tranquilamente.

Me estiré y cerré un momento los ojos. Sentía la deslumbrante luz del sol a través de mis párpados.

—Mira que si no te mueves me voy sin ti, ¿eh?

Abrí los ojos y vi a la tía Momoko en mitad de la calle con su pelo corto. Sonreía.

—Vamos, ven —dijo. Y se encaminó con paso ligero.

La miré y corrí tras ella.

Glosario

-chan: sufijo pospuesto al nombre de las personas, normalmente en niños o mujeres jóvenes con las que habitualmente se tiene una relación familiar o íntima.

fusuma: paneles deslizables de papel de arroz sobre una estructura de madera. Colocados en el riel adecuado, sirven como paredes divisorias entre una habitación y otra.

futón: cama tradicional japonesa compuesta por un ligero colchón que se apoya directamente sobre el suelo y un edredón. Por las mañanas se recoge y se guarda en el armario, dejando así la habitación libre.

kimchi: verduras (generalmente col china) fermentadas con especias, uno de los ingredientes principales de la cocina coreana.

miso: compuesto obtenido de la fermentación de soja, sal y levadura.

momiji: significa literalmente «hojas rojas». Se trata del follaje de los árboles, sobre todo de los arces, que en otoño se tiñe de diversas gradaciones entre el amarillo y el marrón.

nabe: plato cocinado en cacerolas, habitualmente de arcilla, donde se hierve un caldo y se introducen diversos ingredientes que posteriormente le otorgan aroma.

natto: judías de soja fermentadas que se distinguen por su olor y su sabor particularmente fuertes y su consistencia viscosa.

noh: forma de teatro tradicional japonés caracterizado por el uso de máscaras, danzas especialmente estilizadas y por una puesta en escena sencilla y alegórica.

onigiri: alimento preparado con arroz relleno por varios ingredientes y unido por un alga. Suele tener forma triangular o circular.

taiyaki: dulce con forma de pez y relleno de pasta de judías o de otras cremas, como el chocolate.

takuan: encurtido a base de rábano seco e insípido con varios aromas.

tengu: criatura de la iconografía popular japonesa representada habitualmente por un hombre pájaro con nariz larga y el rostro colorido, a menudo rojo, y que se divierte gastando bromas, algunas de mal gusto.

yukata: vestimenta tradicional japonesa hecha de algodón.